# 二月三十日

曽野綾子

新潮社

二月三十日●目次

パリ号の優雅な航海 7
一言 27
上海蟹 43
ジョアナ 57
道のはずれに 85
四つ割子 113
二月三十日 135

おっかけ　169
手紙を切る　187
小説の作り方　209
櫻の家　227
極悪人　249
光散る水際で　265

二月三十日

# パリ号の優雅な航海

私が船舶信号管理（株式会社）の木野崎光洋《きのさきみつひろ》です。初めまして、ようこそ、お越しくださいました。いえいえ、邪魔だなんてことは全くありません。どうぞ、船内は足元が悪いところばかりですから、くれぐれもお気をつけください。ことに階段は急ですから。

作家の方の取材は昔、N先生のお手伝いをしたことがありますので、少しは知っているつもりです。もっともその時は、昼間は一応何でもごらんになるのですが、その時だって「ほう」とか「へえ」とか言いながらノート一つ取られるわけじゃない。そして夜になると、酒盛りが始まって、私はお相手だけしたような形になってしまったので、一時はどうなることかと思いました。

私も飲むのは嫌いじゃありませんからいいんですが、しかし心の中では、この調子じゃ、小説の方はもしかするとだめなんじゃないか。おもしろくなくてもう書かない気になっておられるのではないか、と想像していました。

しかし二、三カ月経って雑誌を送って頂いた時には驚きました。あのぐでんぐでんのお

酒の中でも、ちゃんと要点はきちんと「取って」おられるんですな。ですから……はい、全くお構いはいたしません。私も自分の出番には働かねばなりませんから、どうぞお一人でご自由に船内をお歩きください。

私がパリ号で仕事をしているというと、中には世界一周の豪華客船で観光旅行していると勘違いする人もいましてね。「パリって、あのパリのことでしょう」って言うんですよ。いやインドネシア語で「南十字星」のことですって説明すると、いよいよ素敵な船だと思われるんです。ところがごらんのようにこういうオンボロ船で、まあペンキの厚化粧で何とかごまかしている年増の娼婦のようなもんです。何しろ一九七八年の建造ですから、御年二十一歳。しかし日本人が管理していたら、こんなには老《ふ》けさせませんよ。やはり管理が悪いんです。船の種類としては「ブイ・レイング・ヴェッセル」「ブイ・テンダー」です。つまり浮標敷設船、浮標管理船、重量はGRトンで七百六十四トンです。

船長以下、すべてインドネシア人です。出港しましたら、ゆっくりご紹介します。このバタムのバッアンバー港を午前十一時半頃出港して、ドリアン・ブイには約二時間後に着く予定です。ブイの恰好がドリアンに似ているからじゃないんです。地名だと聞いています。

バタムには、もう少しゆっくりなされるとよかったですね。ここは3Bの町と言われてるんです。鉛筆の芯の濃さじゃありません。ブグール＝お粥、ブナケン＝海のダイビング、

ビビル＝くちびる、つまり美しい娘たち、の三つが売り物だということです。そうですか、海老やイカなんか海鮮をたっぷり入れたお粥はもう召し上がったことがありますか。

マラッカ・シンガポール海峡約一千キロというのは、ほんとうに大切で、しかも船の側から言えば厄介な場所です。そこは海の銀座通り、と言えば聞こえはいいですけど、日本の海上輸送の死活を制する所です。ご承知の通り、この狭い海峡で事故が起きたら、日本へ送られて来る物資はたちどころに滞りますからね。もちろん回り道はできます。ただ、その場合、厳しく価格に跳ね返る。エビも蕎麦粉も灯油も高くなる。たまったもんじゃありません。

日本はもう三十年以上も金を出して、この海峡一千キロの航路標識の保全をやって来たんです。百億円以上はかかってますが、それを台湾にも韓国にも中国にも恩着せがましいことは言ったことがない。中国なんか、決してありがとう、と言う国じゃないでしょうしね。しかしそれはいいんですよ。

マラッカ・シンガポール海峡の一番狭い所は幅わずか四キロの間に東行と西行のレーンを作って船をさばいていますが、対地速度十二ノットの速度制限がありますから、海賊がたやすく乗り込んで来られるんです。

こないだなんか六万九千トンの船に夜、海賊が乗り込んで来て、乗組員のポケットから金を抜いたり、ラジカセを盗んで行ったりしたんです。六万九千トンの船だって、積み荷

をたくさん積んでいれば、舷側はうんと低く、そう二、三メートルになりますからね。手鉤のついたロープ投げ上げて手すりに引っかけて、それを忍者みたいに伝ってするすると乗り込んで来られるんです。

今日、この船が海賊に襲われる可能性ですか？　作家の方だから、そうなった方がおもしろいんでしょうけど、何しろ我がパリ号は、名だたるボロ船の上、一応インドネシアの海運総局の船だっていうことが、このシルバー・グレイの船体の色でわかってますからね。どうってことのない地味な船ですけど、甲板《こうはん》がまっ平らで、見る奴が見れば特殊な政府の作業船だってことはわかります。そういう船にはまず金がないこともわかってるから、襲う気にはならんでしょうね。

そろそろ船が出ますから、出方をごらんになった方がいいと思いますよ。何しろ日本だったら、係留索一つ繋ぐにも外すにも、専門の人がいて金取られるんですけど、ここは出て行く船の船員が走り回ってやるんですから。あれが本船のクォーター・マスターです。ほらね。まず船首近くの（係留索）を外したでしょう。それから船尾のを……ああして取って……それから真ん中の……ギャングウェイ（舷門）の近くのを……外して……それから、自分で飛び乗った！　あのやり方だって何とかやって行けるんですよ。

今日、そちらのために部屋を空けてくれたのは、機関長です。船室《キャビン》は船橋《ブリッジ》の真下ですから、日が暮れた後だけ、遮光カーテンを引いてください。ご承知と思いますが、船橋で当

直する者は暗闇に眼を馴らしておかないと、前方が見えないんです。

部屋の金網戸がひどく錆びててお気持ち悪いでしょうけど、多分、それだけに蚊が入ることはないと思います。ゴキブリはまあ、出てきたらお許しください。お客を乗せる、と言ったら、大々的に燻蒸はしてたようですけど、ゴキブリにしたら、長年住み馴れた我が家ですからね。そうそう簡単には出て行きたくないでしょうよ。後部のアッパー・デッキに何やらむさ苦しいシャツなどが干したままになっていますけれど、それはお許しください。これでも一応「長声三発」鳴らして、出て行くんですよ。

それでは一応船橋にご案内しときましょうか。船橋にでもどこでも、いつでもご自由にいらしてかまいません。許可が取ってありますから。この船はおかしな風習で、船橋の入口でみんな履いているゴム草履を脱ぐんです。こんなおかしな船は、日本にはないでしょうけど……いやお客さんはお脱ぎにならなくていいんです。しかし我々日本人としては、この習慣はちょっと理解できますな。お座敷に入れてもらう時には、皆履きもんを脱ぎますからね。

こちらが船長です。「ようこそ、おいでくださいました」と言ってます。彼だけが船橋の中でも運動靴を履いてるでしょう。やっぱり格があるんですわ。あっちに下ろしたてのブルーの靴下履いてるのがクォーター・マスターです。お客さんが便乗するっていうんで、新品の靴下を下ろしたんですよ。

それで先刻から気にしておられたこの船の甲板ですけど、手すりも何もなくて恐ろしいとお感じになって当然です。あそこに、今日の午後手入れするブイ（浮標）を引き上げて作業をするんですから、手すりがあると邪魔になるんです。

甲板の端っこにしゃがむと、手すりも何もないから、海の水が簡単に触れるくらいすぐそこにあって落ちそうで気味が悪いでしょう。お気をつけください。一人で、船首の方になど行かれない方がいいですよ。

この船の主《しゅ》エンジンは、新潟で作っているんです。船全体も日本の無償援助でインドネシアに贈ったものです。さっきも言いましたように一九七八年製で、もう二十年以上も経ってますけど、日本人が扱っていたら、こんなには古びさせませんよ。どうしてこんなに錆びだらけにしてしまいましたかねえ。あのボートを吊っているダヴィットの先の部分なんか、あれはほとんどペンキでごまかしているだけで、強度がどこ迄あるか、まことに心もとないものです。ほんとのことを言うと、今にも救命ボートが落ちて来そうで、あの下には行きたくないくらいですよ。

さて今日の予定をお話ししますと……そうそうマラッカ・シンガポール海峡には全部で五十一の航路標識があるんです。やかましく言いますと、灯標、灯台、灯浮標、浮体式灯標、とありまして、これがインドネシア、シンガポール、マレーシアの三国にまたがっています。そのうちの三十箇所は、日本が作っています。

地図でお見せしますと、シンガポールの真南に当たるこの海域がフィリップ・チャンネルで、最近海賊が出没する名所になっています。どうして海賊が狙うかというと、ここで東行、西行共に、船が航路を転針するんで、必然的に減速するんです。その時が彼らの乗り込む好機なんですね。

海賊対策ですか？　インドネシア側はほとんど何もする気がないでしょう。何しろインドネシアには、海軍、沿岸警備艇を含めても、高速艇なんて十隻もない。それなのに島は一万七千五百五、海岸線は約七万キロでしたかね、途方もない長さです。海賊船は漁船を装って獲物が通りかかるのを待っている訳だから、ことが起きるまでどうにもできない。起きてもインドネシアの言い分では、向こうはその辺の村のコソ泥ではなくて組織化されたギャングの船で高速エンジンを備えているし、すぐ島陰に逃げ込んでしまうから、とても手が出せるもんじゃない、と言うんです。

それでルートの話ですが、午後、パリ号はこのフィリップ・チャンネルを通りながら、ここにあるドリアン灯浮標まで行きます。ああ、今ちょうど、シンガポール無線局から、ドリアン灯浮標に対する警告が入って来ていますけど……この紙のこの部分をごらんください。ほら、ドリアン灯浮標は「ダメージド・アンド・アウト・オブ・ポジション」とありますから、灯浮標自体が壊れているだけじゃなくて、位置も狂っているというわけですな。

甲板上のあの木枠の中ですか、あの中には大工道具が入ってます。インドネシア側は三十八人乗ってますが、皆命じられたことは喜んでやりますよ。何でもやります。できないのは子供を作ることくらいかな。

もちろん盗みはあります。この船じゃほとんどありませんが、町ならどこでも何でも盗みますよ。マンホールの蓋だって盗んで、目方で売るんですから、危なくて仕方ないですよね。海上の浮標だってご心配のように盗まれますけどね、インドネシア人たちは頭いいんですよ。

たとえば灯標に百七個の電球があるとします……煩悩と同じ数じゃないでしょう。煩悩は百八ですから。百七個の電球のうち、彼らは二個くらい盗むんです。すると少しだけ、気のせいくらい暗くなる。配線もちゃんと繋いでおくから、機能的には動いているんです。真っ暗にすると、自分たちも困りますからね。

泥棒も気の毒なんですよ。とにかく貧しいですからね。本船の乗組員だって、月給で日本円の七千円ももらえばいい方でしょう。ただで食扶持《くいぶち》だけ、っていうのもいるかもしれません。それで家族や孤児になった甥と姪を養ったりで十人も食わせているのだっているんです。その上お袋さんが病気したりしたら、もう生きて行くだけでやっとですからね。

そうですね。今は南西の風の時期ですからスマトラ島の陰はすべて波穏やかなんですよ。

でも小さな漁船がたくさんいるでしょう。あの連中はこちらが避けるものと決めていていっこうに自分の方からは退避しませんからね。

あそこに赤と白の陽気な色に塗り分けた灯標が見えるでしょう。あれはバッベルハンティ浮標と言うんですけど、苦難の灯標でしてね。コンクリートの型枠《かたわく》が固まらないうちに大型船の波で壊されたんですよ。

僕はいつのまにか船を人間になぞらえて見る癖がついていたんですね。今前に灰色のコンテナー船がいるでしょう。ジョンⅡ号って書いてありますけどね。読めませんか。あの船、本船前を斜めに大急ぎで横切ってから、今度は並んで止まってる。いったい何を考えてるのかな。人間にもよくああいうのがいますよ。せかせか追い越して行って、途中で煙草吸って立ち止まったりしてる。ああいう人って、何を思ってるのか、知りたいなんて思うんですよ。

今並んで走ってるのはリベリア船籍の「ハーモニイ」というタンカーですけどね。タグ・ボートで押した痕をひどい補強の仕方で治してあるんですよ。火傷の痕をうまく治せなかった娘みたいで痛々しいでしょう。

さて、そろそろ見えて来たようですよ。あそこに、黄色と黒の灯浮標にDRと書いてあるのがドリアンです。ドリアンのてっぺんに、黒い三角板が下向きに二つついていますが、あれがこの地点の南側を通りなさいという印です。本船の方は、メインマストに黒い玉二

つ、団子三兄弟じゃなくて二兄弟みたいなのを上げますけど、それは「本船は航行の自由を有せず」ということで、つまり「作業中で動けません」ということです。

私はそれからしばらくの間、一人でアッパー・デッキから、立ち働く人たちの姿を見ることにした。木野崎が、そのために乗り込んでいるドリアン灯浮標の補修の指導を始めたので、私は一人で「高みの見物」をすることになったのである。

陸の上でもガードレールにぶち当たる車がいくらでもいるように、マラッカ・シンガポール海峡の浮標や灯浮標は、頻繁に航行する船に、陸上よりもっと激しくぶつけられた。木野崎が言うには、あまりにひどく壊されているので、修理するより新設する方が安くつく場合も多かった。

「新設っていうと幾らくらいかかるんですか」

と私は聞いた。もちろんそれは浮標や灯浮標の大きさによっても違ったが、三千万円くらいかかるものも決して珍しくはなかった。

船上で働いている男たちは、日本のように統一された服装はしていなかった。銜《くわ》え煙草で自分の出番を待っている男もいた。オレンジ色の保安帽は、あみだに頭に載せている男もいたし、全く被っていないのもいた。作業服もてんでんばらばらだった。シャツの後にひらがなで自分の名前を書いて得意そうに着ている男がいるのをみると、技術者としてイ

ンドネシア語もうまい木野崎は、十分に彼らの信用と尊敬を集めているように見えた。

ドリアン灯浮標は羽をもがれて浮いていた。譬喩ではない。灯浮標は、遠くからでもその存在を目立たせるために黄色と黒に塗り分けた簀子《すのこ》状の羽を四方に付けているのだが、そのうちの二枚は通りがかりの船にぶつけられたはずみに取れてしまったらしく、羽をもがれたトンボのように体が一回り小さく見えた。

人々はまず作業用のボートを右舷から下ろした。それを操る男は裸足だったが、彼がどうして裸足かはすぐわかった。灯浮標の直径五メートルはありそうな巨大な独楽か空飛ぶ円盤のような鋼鉄製のフロートごとドリアンをパリ号の甲板上に上げる時、裸足でなければ、彼は滑ってしまうに違いなかった。

男たちは、甲板上に灯浮標を横たえるまでに、ほとんど日本人と同じかけ声をかけた。「一、二の三!」というところで、彼らは「サトゥ、ドゥア、ティガ!」と声を合わせたのである。

甲板の上に横たえられたドリアンは、三つくらいの「病状」に苦しんでいた。フロートの部分は赤錆や苔や貝殻に取りつかれていた。一枚が優に四メートルはありそうな四枚の羽のうちの二枚は取れてなくなっていた。そしてもっとも重篤な病は、てっぺんについている銀色のレーコンが、外見には何一つ損傷もないのに反応しなくなっていることだった。レーコンというのはレーダー・ビーコンの略で、船舶からの電波も受け、自分からも電波

を出す機能を持っていた。しかしそのレーコンが沈黙してしまっているために、シンガポール無線局はドリアンを「ダメージド」(損傷を受けている)と判定したのであった。

正確には何という貝殻なのか、動植物に知識のうとい私にはわからなかったが、素人ふうに言うとフジツボのようなカキガラのような貝殻はフロートにしつこく取りついていた。男たちはフロートの周囲を囲んで、それを長い柄のついたへらのようなもので掻き落としたり、強いジェット水流で洗い流したり、甲斐甲斐しく働いていた。かつて私が東南アジアの土木の現場でさんざん見たような、一人が働けば他の一人はそれをにやにやしながら手を休めて眺めている、という小ずるい空気は全くなかった。

錨には青い魚網の切れはしまでひっかかっていた。私は彼らがそれをどうするか、と思って見つめていた。彼らはそれを取り除きはしたが、再びいとも無造作に海の中に捨てた。私はいつか日本の船では、一度甲板にあげたすべてのものは、貝殻といえども海中に捨てないのが原則だ、と聞いた話を思い出していた。フジツボもムール貝も海へは返されなかった。

一組の男たちは、ドリアンが失った二枚の羽の代わりに新しいのを取りつける作業をしていた。羽は経費を節約するために、どの浮標にも共通に使えるような無地の規格品になっていて、ただそれぞれの浮標の特徴を示す色ペンキを塗ればいいだけのように見えた。男たちはドリアンの登録色である黄と黒のうち、下半分の黒だけを塗ったが、なぜか黄色

は塗らないままに、羽を取りつけた。

木野崎が連れて来ていたシンガポール人の電気技師は、何とかしてレーコンをその場で直そうとしていたが、長い協議の末、無理だとわかったらしく、やがてドリアン灯浮標は貝殻を取り除かれてかるがるとした表情になったフロートと共に、再び海に戻された。

木野崎が作業服を着替えて、私のいるデッキに戻って来たのは、それから三十分ほど後のことであった。


直らなかったレーコンですか？　あれはシンガポールの代理店に出して直させます。またつけに来なきゃなりませんが、まあ、一、二カ月のうちには、きちんとなります。

おっしゃるように、確かにインドネシア人たちはよくやってます。彼らなりに一生懸命です。しかし時々溜め息もでますな。今日もドリアンの羽をつけはしましたが、黄色のペンキを積んでないんです。ドリアンの修理に来たこと、羽がやられていることは事前に通告されてるんです。だから当然、ここでペンキを塗らなきゃならないことも仕事の予定に入ってた。それでも準備ができない。

それとあなたは貝殻落としをよくやっている、と言われましたが、ほんとは、あのフロートには必ず防錆剤を塗って海に戻さなきゃいけない。それも積んでなかった。初めての仕事じゃないんだ。もう何度同じことをしているか、ですよ。

ええ、もうこれで一応今日の僕の仕事は終りです。ですから飲んでもかまわないんです。そうだ、お持ち下さったウィスキーを飲むことにしましょうか。このアッパー・デッキの夕風はすばらしいですからね。

木野崎はそう言うと、まもなくグラスとプラスチックの水壜とウィスキーを下げて戻って来た。

氷はあるにはあるんですが、元の水があまり信用できませんから、水割でご勘弁ください。ドリアン灯浮標からスマトラのドマイまでは十七時間です。

それから今、緊急電が入ってました。ざっと内容を言いますと……それでよろしいですか……汽船「ヴァナラシ号」から、人が海に落ちたというんです。グリニッチ標準時で書いていますが、計算すると、今から二時間半くらい前です。位置は南緯四度四十九分九秒、東経百十一度三十三分四秒。「その地域を通過するすべての船舶は、厳重なる監視《オール・ヴエッセルズ・イン・ザ・ヴィシニティ・アー・トゥ・キープ・シャープ・ルックアウト》、発見報告、必要なる援助を与えられたし《リポート・サイティング・エンド・レンダー・アシスタンス・イフ・ネセサリー》」とあるな。

どういう人かわからない。喧嘩して突き落とされたか、酒飲んで落ちたか、わかりませんが、まあ救いあげられる可能性はあまりないでしょうね。こういうことに関して、人間というのは、ほとんど無力なんです。

今まで僕は、ずっとこの手の仕事やって来て、人からは、社会のためになるいいお仕事ですね、あなたはほんとうにマラッカ・シンガポール海峡一千キロに灯を灯し続けて来たでしょう、なんてね、クラブのママからだって歯が浮くような褒め言葉聞かされたこともあるんですよ。おかげでその時、歯を食い縛ったもんで、歯が欠けましてね、これほんとです。治療費にちょっと金かかったんですよ。

しかし現実の僕はどうだったかと言うと、全くなすすべもなく手を拱《こまね》いて、身近な人をほったらかしにしてきたんです。今こうしている間にも、船から落ちた男はどうしているか、僕たちにどうにもできないのと同じことです。

その第一は、自分の子です。僕たち夫婦の最初の男の子です。女房が妊娠の初期に風疹にかかりました。それでもしかすると、体に奇形のある子が生まれるかも知れない、というんで、羊水検査とやらをしたんです。

僕はその時、そんな検査をしてどうなる、とは思ったんですけどね。奇形のある子なら堕胎《おろ》すのか。そんなことはできないじゃないか。体の悪い子なら、尚のことかわいがって育ててやろうじゃないか、と思ったんです。結果は、やはり恐れていた通りでした。

出産の時には、僕は家にいました。眼もおかしいんじゃないか、と言われていましたが、しかしやはり先天的に弱い子でした。すぐ呼吸困難に陥って、入院して、チアノーゼが出て、隔離されているうちに、僕の出張の日が来ました。しかし僕は、なぜか帰って来れば

ずっと面倒を見てやれると思っていたんです。たった三十五日目に、その子が死ぬとは思ってもみなかったんです。

ばかな話ですが、僕はただその子を抱いてやれなかったのが辛くて辛くてたまらなかった。彼が青春を味わわなかったとか、女性を知らずに死んだのがかわいそうだなんてとこまで思いいたらなかった。ただ抱いてやりたかった。それができなかったんです。

女房は、自分が病気をしたのが悪かった。その上僕が帰るまで息子を生かしておけなくてごめんなさい、と謝った。そんな謝り方って全く、……どう言ったらいいかな……謝ることじゃない。ただ運命というか人生というか、僕はあなたと違って表現力がないから、何と言っていいかわからない。

そのうちに母が老いてきました。僕は兄と二人兄弟でしてね。兄は秀才で大学教授でしたが、五年前に四十二歳で癌で死んだんです。母は兄一家と暮らしていたんですが、兄嫁とあまりうまく行っていなかったんで、僕のところへ来ることになったんです。

決定的な問題は、僕がこうして始終家にいないことです。母はまだ七十三なんですけど、脳に萎縮が見られるようになった。動作がのろのろして、夜中にトイレがどこだかわからない時もある。兄が今でも生きている、と言うんです。よくある話でしょうけど、僕はそういううっとうしさから逃げ出すように仕事に出てしまう。女房は、しかし逃げ場がない。

滑稽でしょう。マラッカ・シンガポール海峡一千キロの安全を計ることはやっても、自分の家庭一つどうにもできない。娘は一人いるんですが、アメリカの大学に行ってますから、惚けた祖母を見ることも、母親の愚痴を聞いてやることもできない。僕はまたこうして何一つできないんです。

そして今はまた、小学校からの親友が一人死にかけている。

こいつは、学校でもできない。家も貧しかった。母親も子供二人を捨てて男と逃げた。父親はやけになって、おかしな女を引き込んだ、という近頃じゃ珍しい家庭です。僕はまあ、一応できる生徒でした。家は金持ちじゃありませんが、ほどほどのマンション住まいです。母親が家で英語を教えてました。父親も会社で温厚な人物だというので、定年まで優遇してもらった。

その友達は、いろいろな仕事をしている間に、めちゃくちゃな食生活をしたんでしょうね。まず糖尿病になって、それから眼が大分いけなくなって、足は片足を膝下から切断した。その前から慢性腎炎になって透析をしなければならないようになった。透析は週に四回ですからね。もうどこへも行けない。

見舞いに行くと、彼は言うんですよ。

「木野崎君はいいね。外国へ行けて、何より海へ出られるんだからね」

僕はそれで心臓がえぐられそうになる。奴にはそれができなくて、僕にはそれができる、

というのは何という残酷なことだろう、と思う。

でもそいつが、嫉妬とか恨みとかそんな気配もなく言うんです。僕はこないだ居酒屋の親父に威張ってやった、僕の親友は、マラッカ・シンガポール海峡一千キロの灯台を全部灯してるんだぞ、って。お前には、そういう友達はいないだろう、って。そんなことを言われると、僕は……ほんとに、どう言っていいかわからなくなっちゃう。僕は実は荒っぽい航海なんか、したことがないんですよ。いつもこの波穏やかな海峡にいて、会う人と言ったら「今日はいい天気ですね」というような人ばかりだった。そして僕自身、少し酔うと、今みたいに微かに眠くなって、麻薬に酔ってるみたいだから、もう人生の苦味なんて、全く感じなくなっている。僕は彼が死にかかっているというのに、何一つしてやれないぞ、と感じて平気なんです。海峡に灯を灯す手伝いくらいは少々したかもしれないけど、友達の傍《そば》についていてやりもしませんでしたしね。

僕はほんとうに、冷静、冷酷なんですよ。朝、このオンボロ船で目覚めると、僕の船室《キャビン》からはまず、船首にあるレーダー・レフレクターに朝陽がさしてきらきら光るんです。そして船窓を開ければ実に爽やかな風が吹いて通りすぎるでしょう。だから僕は浮かれたように思うんです。

「地球はまだ健全だぁね。憎しみ、死刑、殺し合い、何があってもなお、健全だぁね」

って。それから、

「行き交う船のほとんどがオンボロ船だ。人生を感じさせるね」
ですよ。体裁いい話だけど、冗談じゃあないんだ。友達は死にかかっているのにね。
どうです、朝じゃないけど、あの金色に輝く夕陽が落ちて行く先がカリムン島です。十
八時十二分か。あいつはまだ生きてるかなあ。

# 一《ひと》言《こと》

好奇心の強いのは、小説家の性癖のようなもので、恐らく死ぬまで抜けない癖であろう。人でもものでも出来事でも、凡そ好奇心の対象にならないものはない。だからと言って噂話が好きではないのだ。噂話はしばしばでたらめで、本気になって考えるほどの人生の厚みを持たない。そうした作り話なら、作家の方が本職なのである。

私がよく遊びに行く友達の家は、一種の棟割長屋風で、一時期、東京の郊外の新しい住宅地で取り入れられた形である。イギリスにもアメリカにも昔からの市街地の家の形として、壁を共有し、半地下の階段のある家がよく映画にも出て来る。それと似ているのだが、半地下室の方は日本にはない。

こうした家は、或る種の感動を私に覚えさせる。面積も間取りもほとんど同じなのだ。双子は、背格好も顔立ちも似ているが、その運命は決して同じではない、ように、同じ形の住居に住む人々は同じような南向きの部屋に住み、ほとんど同じ風景を見て何十年も過ごすのに、生活は全く違うのである。

「お隣はどんなご家族?」

何度か隣家の夫人らしい人を見ていたのに、私は何も知らない顔をして尋ねたことがあった。もっとも、その夫人も、これと言って特徴のない人ではあった。少し雀斑《そばかす》の浮き出たお化粧っ気のない顔で、パーマの長さも極く平凡な、おばさん風のスタイルである。小豆色のセーターに丈の短いグレイのスラックスをはき、茶系統のチェックのエプロンをかけた中年女性などどこにでもいて、たとえ彼女が事件の容疑者だとしても、警察だって発見するのが容易ではないに違いない。

「奥さんと息子と、奥さんのお父さんのお爺ちゃん」

そんな家族構成はいくらでもあるだろう。しかし私はどっきりするのである。存在が欠けたお父さんは、どういう人だったのだろう。母と子を棄てて出奔したのだろうか。夫婦は離婚したのだろうか。どんな病気で亡くなったのだろうか、などと考え続けると、私は他人ごとながら一瞬怯えるのである。

「地味な人でねえ。挨拶しないわけじゃないんだけど、あんまり外出もしないし、家の中から音も聞こえてこないし、まあ静かでいいお隣なんだけど」

静寂というものは怖いものだ、と私は再び考える。喧《やかま》しいのは困るというが、存在の様相がはっきりしていて安心はできるのだ。

可もなく不可もなく生きている人なのだろうか、と私は考えた。しかし静寂は途方もな

く恐い現実を孕んでいる場合もある。私は犯罪学を齧ったこともないが、犯罪者の半分は静かな人のような気もする。

知人が切れ切れに語ったところによると、二十を少し過ぎたと思われる息子は大学の受験に失敗して、一時は浪人しているような話だったが、今では諦めてフリーターのようなことをしているのではないかと思う。なぜなら、朝はどこかへ出勤する気配もないし、夜は時々午前零時を過ぎて帰ってくる物音が聞こえるからである。お爺さんについては、ほとんど姿を見かけたことがなかったが、最近時々、施設からだろう、迎えに来た車に車椅子のまま乗って外出することがある。それ以前は立って歩けないか、寝たきりか、とにかく数年の間家から地面に降り立ったことがない人なのだろうと思われる。時々内容は聞き取れないが奥さんの大きな声が聞こえるのは、老人の耳が遠いせいかもしれない。

その日に私が知り得たことはそれだけだったが、それからほんの一月もしないうちに、私は再び突然友人の家を訪ねることになった。広島から上等の牡蠣をたくさん送ってもらったのである。私の家は小人数で、そんなに食べられないが、友人の家は二階に息子夫婦が同居していて、食べ盛りの男や少年が四人もいる。食べ物なら、何でも消費する、と友人がかねがね言っていたので、私は日曜日の教会へ行くついでに牡蠣を届けることにしたのである。

すると信じられないことに、友人夫婦も息子一家も全員が外出しているらしく、ベルの

音に出て来てくれる人はなかった。数でものを決める訳ではないが、階下と二階で七人もの人間が居住していれば、誰か一人くらいは留守番に残っているだろう、と思ったのが、私の甘さであった。その日は菊花賞か何か競馬のイベントのある日で、一家は息子の運転するミニバスのような車に乗り込んで競馬にでかけた後だったのである。

ベルで誰も出なくても、一家心中をしたとは思わなかった。陽気な一家である。泥棒が入った痕跡もない。しかもいつも駐車場に当てられている玄関前のスペースに車はなかった。私はがっかりしてしまった。電話をかけて来るべきだった、と後悔したが、どうにもならなかった。牡蠣を玄関先に黙って置いて来ても、いつ帰って来るのかわからないから、悪くなる恐れもあった。

その時、隣の玄関のドアが開いて、例の奥さんが顔を出したのである。眼が合ったのも一種の幸運であった。

「実はお隣をお訪ねして来たんですけれど、花子さんはお留守らしいですね」

友人は花子と言う名前なのである。

「ほんのちょっと前に、ご一家でおでかけになる気配がしてましたけど」

「実は、私は花子さんの友人で、牡蠣をお届けに上がったんです」

そう言いながら、私はもう計画を立てていた。

「ほんとうに厚かましいことですけれど、お預かりいただけませんでしょうか。実はかな

り量があるものですから、花子さんのところだけでも多すぎると思うんです。お宅でも召しあがっていただければ、嬉しいんです」

この牡蠣の贈り主は、実の兄が牡蠣を扱う水産会社を経営しているのである。だから電話一本で、弟思いの兄は、どこへでも新鮮この上ない牡蠣を送ってくれる。しかも山のような量を送るのである。

もちろん隣家の夫人はすぐにありがとうございます、とは言わなかった。彼女はお預かりいたします、と言い、私と花子が、玄関先で立ち話をしているのを見たことがある、と言った。

「お二人共、背の高い方たちだなあ、と思っていました」

と彼女は言った。私たち二人は高校生の時から、いつも教室の後ろの方にたむろしていた大女グループだったのである。

牡蠣を隣家の家の中か、できれば冷蔵庫の中へ入れてもらうまで、私は運び込む義務がある、と感じていた。そして私は持ち前の好奇心から、こうして他人の家の中に入れてもらう機会ができたことをひどく喜んでいた。

家というものは、汚く住もうがきれいに住もうが、それなりに心を打つのである。若い時は、きれいに住むのがいいことで、乱雑に住むのは悪いことだ、と簡単に判断していた。

しかし今はそうではなかった。ものを買い込み過ぎて、歩く場所もないほど部屋に積ん

でおく人の話はすさまじかった。買って来た紙袋をろくろく開けもせず部屋の一隅に積んであるという。六畳の部屋はそれで物置となり、細い一条の道が辛うじて通路として残されているだけになっているというのだ。

そうかと思うと、押し入れから食器戸棚まで、空になっているのが快いという奇妙な趣味を持つ人もいた。貧乏でものを買えないのではない。ただ空間を確保しておくのが気持ちいいという性格なのである。その人は、とにかく家の中にものを置くのが嫌いなのだ。人にやるか棄てるかしていないと気が済まない。

どちらも一種の病気だろう。しかし健全とはどんなものかということも、私の年になると却って分からなくなるのである。どんな生き方でも、自分なりの嗜好を持つ方が持たないよりは健全なのだ。

私は何はともあれ牡蠣を家の中まで運び入れ、包みを解体して冷蔵庫に入れてもらい、この夫人の一家にも一回熱い牡蠣鍋を食べてもらうくらいの量は残したかったのであった。

「お宅は、ご家族は何人いらっしゃいますの？」

知ってはいるつもりだったが、私はそう尋ねた。

「三人、いえ、二人なんです」

彼女は言い惑ってから、急いで付け加えた。

「息子はいるんですけど、時々家出していなくなります。またお金がなくなると帰って来

ますから、いちいち警察に届けを出すこともしていないんですけれど、今日のところは、私の父と二人です」

　私は相手の顔を見つめた。人は自分の顔を自分で見ることはできない。その時私が自分の顔を見ることができたら、私はそんなことをいきなり打ち明けてもらえたことに感動して、言葉を失っている、という表情をしていただろう。

「息子さん、放っておおきになっていいんですか？」

「ええ、仕方がないんです。少しでも気に入らないことを私が言うとすぐ家を出て行くんですから」

「どこの家でも、子供と衝突のあることはありますけど、ぶつかっても感情のしこりが後に残らないことが多いけれど」

　私は言った。

「ええ、でも息子のは違うんです。『お前の顔見るだけで嫌だ』と私に言いましたから、きっとほんとうにそうなんでしょう」

　それは静かな言い方だった。

「それだったら、ずっとお帰りにならなければいいのにね」

　私は初対面にあるまじき言い方をした。

「ええ、でもお金がなくなると、ほんとに生きていけないから、戻ってくるんです。自分

の部屋があって、いつでもお湯の出るお風呂場がある暮らしなんてできませんからね」

小さな庭には黄色と葡萄酒色と二種類の菊がまばらに咲いていた。

「お父さまはお幾つですか？」

「今年八十歳になりました」

「まだ、お元気ですか？」

「車椅子の生活ですけど、食欲もありますし、わかっているのかわかっていないのか、テレビで野球やお相撲を喜んで眺めています。実は父と言いましても本当の父ではなくて、母の再婚した相手なんです」

つまり義父だということなのだろう。

「母が死んだ後、義父《ちち》はどこへも行く所がないというもんですから、それなら私が見るべきかな、と思ったんです。それまでよく知らなかった人なんですけど」

私は心の中で様々な憶測が湧き起こるのを素早く処理しながら言った。

「いい継父《ままちち》で、可愛がっておもらいになったんですか？」

「いいえ、母は再婚する時に『お前がいると邪魔だから、出て行ってくれないか』と当時二十二歳だった私に言ったんです。それで私は、もうだめだ、と思いましたから、翌日荷物をまとめて家を出たんです。ですから母が結婚した人、今の義父《ちち》という人には、母の死まで会ったことがありませんでした」

「このお宅は、お母さまのものだったんですか？」

「いいえ。母のうちを出る時、私はどこにも行く当てはありませんでしたけど、とにかくそうする方が気楽でしたから、しばらく親切な友達の下宿に転がりこませてもらって、それからショッピング・センターに就職したんです。一年半くらいして、同じ職場で働いていた夫と親しくなって結婚しました。その人と私が共稼ぎをしてやっとローンを組んで買った家です。夫の死で、ローンは全部払い終わることになってしまいましたけど」

彼女はそう言ってから、一瞬雀斑の浮いた顔にためらうような色を見せたが、つけ加えた。

「私はこんなことを、誰にでもお話しするわけじゃないんですけど、初めての方から牡蠣を頂くなんて嬉しくって」

私は発泡スチロールの箱を開け、「これとこれを花子さんに渡して、こちらをお宅に」と仕分けした。冷蔵庫の中は幸いなことに、あまりものが入っていなかったので、箱を棄てれば、牡蠣は全部入りそうだった。

「今日は、お義父《じい》ちゃまはおでかけですか？」

「先月から、週に一度、老人施設に遊びに行くようになりました。そこでお風呂にも入れてくださるし、お昼を頂いて、老人体操をして、夕方家まで送って頂くんです。私もそれで少し気が抜けますし」

「そういうことを日曜日にしてくださるんですか?」

「学生さんのボランティア・グループが、日曜日に交代でしてくれているんです。なかなかできないことですけどね。若い人たちが、お年寄りと付き合うのはおもしろい、って言ってくれるようになったんですって。入浴の係も専門になってきて、うまくなったらしいですよ。うちのお爺ちゃんなんかお風呂に釣られて行くようなもんです」

牡蠣の始末がつくと、隣家の夫人がごく自然に電気ポットのお湯でお茶を入れてくれるのを私は止めようとはしなかった。

「一人でお茶を飲むより、いっしょに飲んでくださる方があると楽しいですから、つきあってくださいますか?」

と相手が言ったからである。

「もちろん。ごちそうしてくださるんですか?」

と私は言いながらもう、食卓の空いた席に座っていた。

「実の親から出て行ってくれ、と言われる方《ほう》が、息子さんが帰って来られないのよりお辛かったと思います」

と私は言った。

「ええ、年が若いから当時は受け止め方もわからなくてね。でも私の母と息子はそっくりなんです。自分の都合だけしか考えていないんです。遺伝的な性格ですよ」

私はちょっと悪戯をしたい気分になった。

「あなたはその遺伝を受けておられないの？」

「いいえ、受けていたんですけどね。夫が治して行ってくれたんですよ。夫はそれはそれは優しい性格でした。最初に二人して住んでいたアパートの近くで野良猫が子供を生んだんです。うちでは飼ってやれないもんで、毎日餌をやってから仕事に出掛けて行くんです。日曜日になると、近くの一人住まいのおばあさんを見舞うんです。桜餅一個持ってね。誰かが辛い思いをしているのを平気で見過ごしていることができない人でした。病気ですね、それも一種の」

その言い方がドライでおかしかったので、私は笑い出した。

「私は夫が、自分により他人に優し過ぎると思って怒ったこともありました。でも、今になって毎日、亡くなった夫の声が聞こえるんです。お母さんの旦那に親切にしておやりよ、って。関係はどうでもいいんですよ。むしろ私を辛い目に会わせた相手に親切ができたら、もっとすばらしい、って夫が心の中で言うんです」

「お義父《じい》ちゃまは幸運な方ですねえ」

私はそう言うより他なかった。

「今もう私には人並みな計算ができなくなっているんです。人は普通計算するんですけどね。以前の私も計算をしました。でも今は何だか計算するのが億劫になっているんです。

今、お義父《じい》ちゃんを追い出すのは簡単なんですよ。私と血のつながりはありませんしね。むしろ私から母を奪った人なんですから。でも追い出しても、私が特別幸福にもならないんです。お義父《じい》ちゃんはここしか気楽に死ぬとこないだろうと思いますよ。死ぬとこあるなんて、なかなか素敵なことですからね」

「ほんとうだわ。人は死ぬとこを探してうろうろするんです。ガンジスの川の辺に滞在して死ぬのを待っている人もいるんだそうですしね」

「私は母を少しも恨んでいないんです」

「そうですか」

きっと私は少し疑わしそうに言ったのだろう。

「母の一言で、私は人生を生きる姿勢を教えられたんです。自分で生きなければならない、ってことですね。母であろうと人の言ったことで不幸になってはたまらない、と思ったんです」

「息子さんの時もそうお思いになれました?」

「息子の時はまた、別なことを考えました。息子の言葉は残酷なものでしたけど、それを言ったのは私ではないんだな、と思えました。私はいつのまにか利己主義になっていたんでしょう。自分が誰かにそんなひどい言い方をしたら、自分がたまらなくなると思います。死んだ夫がどんなに悲しがるでしょう。でもそれを言ったのは、私じゃない。息子です。

た。


ですから、私は静かに受け止めることにしました」

「でも息子さんは亡くなった優しいご主人のお子さんなんでしょう？」

「違うんです。主人が亡くなった後、私は再婚するつもりでしばらく別の人と同棲したことがあります。その時できた子供です。亡くなった主人との間には子供はありませんでし
結婚はできなかったけれど、私は子供ができたのは嬉しかったんですよ。でも息子は、また残酷な言葉を口にするような血を受け継いでいたんです。仕方がありませんね。息子もかわいそうです。自分でも、そんな言葉を口にしたくないのかもしれないでしょう。でもそう言わせる何か気質的なものがあるんです」

「今日、もしかすると息子さんが帰られるかも知れませんね。そうしたら一袋じゃ牡蠣が足りないわ。花子さんの所は少なくていいんですよ。もう一袋お宅でお取りください」

「いいえ、ご遠慮じゃなくて要りません」

彼女はきっぱりした口調で言った。

「人生、用意をしておくと、必ずそうならないんです。牡蠣を足りないようにしておくと、もしかすると息子が帰ってくるかもしれません。そしてまた、私の悪口を言って家を飛び出すんです。『たまにうちへ帰っても、うちのお袋は、俺の食べ物も用意していないような奴だ』って。それを口実にまた、家出をするんです」

「まあ、そういうものかもしれませんね。二〇〇〇年に時計が狂うというんで、お米から水まで買い溜めした方もいらしたらしいけど、何も起きませんでしたものね」

　私は見当違いな答え方をした。

「でも嬉しいです。今日は帰ってきたら、お義父《じい》ちゃんに、飛びっきり新しい牡蠣鍋食べさせますから」

　私はまもなく隣家を辞した。

　それからしばらく経って、私は一枚の葉書を受け取ったのである。それは隣家の夫人からであった。

「やはりあの夜、息子が久しぶりで夢のように帰ってまいりました。もうお鍋もあらかた食べてしまった後でしたが、よほどお腹が空いていたのか、残りのおつゆで私が作ってやりました雑炊を黙ってご飯粒が一粒も残らないほど食べました。そして今日からまた再びいなくなりました。

　でもそんなふうにして穏やかな時が過ぎてまいります。見知らぬ方から頂いた牡蠣は、老人と、私たち遠い母と息子の心を温めてくれました。それを一言ご報告したくて、花子さんからあなたさまのご住所を教えて頂いたのです」

# 上海蟹

佐山淑子《としこ》は夫の昭造について、生涯で二度目の外国旅行へ出ることになった。夫が常務として勤めている建設会社では、三年に一度外国で国際会議があり、その際、自費でなら、妻の同行を認める、ということになっていた。会議に出る外国人の多くが夫婦同伴なのに、日本人だけが一斉に紺色系統の背広を着た男ばかりでは異様に見える。それを個人負担でごまかしたい、という意図なのかもしれなかった。

淑子は外国へ行くよりはむしろ国内で旅をする方が好きだった。寺社の境内に入る時の気分や、執拗なほどの紅葉の色を眺める時や、生き物としか思えない川の流れを眺めている方がずっと好きだったし、食事も淡白なものの方が食べ馴れていたから、油気の多い料理を出される土地には軽い恐怖を感じていた。

しかし夫は妻を連れて行きたがった。優しいというより、毎日の生活を妻に依存し切っているので、旅に出ても妻がいないと不自由なのだと淑子は感じていた。カバンを開けることも昭造は淑子にさせていた。淑子はそれを悪いとは思わないことにしていた。自分の

居場所とか出番とかがあるということは、悪くないことだ、といつかお坊さまが女性週刊誌に載せていたお説教の中で言っていたのは本当だと思ったからだった。

今度の会議の場所はシンガポールであった。飛行機に乗る時間も六時間くらいだし、妻たちのためには観光や買い物の時間もあるというので、友達の中には羨ましがる人も多かった。

「私はエコノミー・クラスでいいわ」

と淑子は言った。夫の出張には、飛行機のビジネス・クラスが出るのである。

「僕一人がビジネスに乗るのは、格好悪いじゃないか」

「そうかしら。誰も別に外側の人にはわからないでしょう。シンガポールに着いたら、飛行機を出たところでいっしょになればいいじゃないの」

夫は敢えて反対は唱えなかった。どうせ日本の飛行機に乗るのだから、言葉の不自由はないし、淑子はむしろ夫と別の席に乗る方が解放された気分になれそうであった。

淑子が外国旅行を好きになれない一つの理由は、外国語ができないからであった。夫はアメリカにも留学したことがある。しかし淑子は数学と英語が全くの苦手であった。外国では、食事の時、左右に坐る夫ではない男性と、何か会話を交わすべきだ、とは知っていたが、それができないからつい気後《きおく》れするのである。

淑子は最初のハワイ旅行の時、そうした社交を逃げ出す手を覚えた。「こちらに友達が

おりますので、その人と会わねばなりませんから」と言って、関係者とは一切会わずに、自分で町をふらつけばいいのだ、とわかったのである。今度もシンガポールで、淑子は社交の機会を避けるつもりだった。シンガポールには「鳥の公園」があるという。その他に大東亜戦争の時、イギリス軍の基地だったマウント・フェーバーを見られるというので、そういう場所は一人で観光バスに乗って見学するつもりだった。見たこともないので、ヒンドゥ教の寺にも心が惹かれていた。

しかし社交を避けるという淑子の計画は、シンガポールへ着くや否や壊されてしまった。顔の広い昭造は誰とでも昵懇《じっこん》のように見えた。

「リムさんのうちへ招かれた」

と夫は言った。

リムという人とはどういう関係か淑子は尋ねなかった。どうせ「取引先の人」か「前回の会議で知り合った人」だと言うに決まっているが、いつもそれ以上の説明はしてもらえないのである。

「何しろ貴重な上海蟹を食べさせてくれるんだそうだ。そんな日にぶちあたることはめったにないからね。僕たちはついているらしいよ」

「上海蟹ってどんな蟹かしら」

淑子は自分の知っている蟹との外見の違いを頭に描いていた。大きくて紫色をしている

とか、鋏が細いとか、何らかの特徴があるに違いなかった。

「僕も初めてだからね。だけど評判はよく聞かされてた。秋になると、上海蟹と蛇がおいしい、って言うね」

上海蟹はこの季節だけ、生きたまま上海から空輸して来る。リム家では蟹が着いたから、今晩は、つまらない歓迎パーティなんか欠席して、うちに来い、と言ってくれたのだという。

淑子は北陸のMという町で生まれた。家から北に一キロ行くと、もう日本海の海鳴りが聞こえて来る。母たちは、昔の北陸の冬は、十二月から二月末までほとんど太陽を見ることがないほど心底暗かった、と言う。しかし今では気候が変わってそんなことはない。ただ冬になれば海が荒れることは変わらない。その頃からブリやタラや蟹が、密約をしたようにおいしくなるのであった。

「どんな蟹かわからないけど、それを食べにわざわざ上海へ行く人もいるくらいだから」

夫は上海蟹を食べることを、ボージョレー・ヌーボーを飲むことと同じくらい気分のいいことだという言い方をした。

その夜七時過ぎ、夫婦はタクシーでリムという人の家に行くことにした。もともと町全体が庭園のように緑が多い土地だが、タクシーは町の明かりとは反対の方角に走って、やがてどこか飾り過ぎという感のなくもない家に着いた。門扉も窓も、屋根の作りも、フラ

ンス風を真似ているつもりだろうが、どこか偽物という感じはぬぐえなかった。

リム夫妻は、元気のいい五十代であった。夫は小柄で、少しはげ上がった額がてかてか光っているので健康そのもの、それも漢方薬のおかげかな、という感じである。夫人は細くて眼鏡を掛けていたが、意地悪い感じはなく気さくであった。通された客間とそれに繋がった食堂の隔壁は棚になっていて、そこに中国風の急須のコレクションがあった。

その夜、リム家には他に二組の中国系の客がいた。ホウ夫妻とチェン夫妻と紹介されたが、どういう字を書くのか淑子にはわからなかった。チェン夫人の方はジーパンにTシャツだった。

「ごめんなさいね。身体の不自由な子供たちを公園に連れて行くボランティアをして、その後片づけまで手伝っていたもので、着替えをする隙《ひま》がなかったの」

と彼女が英語で言うのがなぜか淑子にはわかった。そしてジーパンとTシャツで来られるパーティなら、悪くはないという感じになった。

中国風の前菜が出てしばらくすると、大きな器に冷めないように白い湿った布巾を掛けていよいよ茹でたての熱い蟹が台所から運ばれた。蟹は調理する直前まで必ず生きていなければならないし、必ず茹でたてでなければならないのだと、淑子たちは説明された。

出された蟹は、北陸で食べるズワイ蟹のメスとそっくりだった。淑子の郷里では香箱《こうばこ》と呼ぶのである。東京で暮らすようになっても、郷里に母が生きているうちは、十一月の末

にはもう母が蟹を送ってくれた。東京でも蟹は買えるのだが、高いし新鮮ではないような気がして、淑子はマーケットでも蟹の売り場をいつも素通りしていた。母が亡くなると、結婚して北陸に住んでいる姉は、もう蟹を送ってくれるという気もないらしかった。するといつのまにか淑子の方でも、蟹を食べるのが冬だという反射的な感覚を忘れかけたのであった。

淑子は出された蟹をすぐ手で割れるので、そこにいた人々は感心してくれた。たいていの日本人は、どこをどう割ったら食べられるかわからないので、教えるのが普通だという。夫が少し誇らしげに「妻は蟹の産地で生れましたから」と言うと、ホウ夫人の方は「それなら上海蟹が世界一だということがよくおわかりになると思うわ」と言った。淑子は頷いていたが、正直なところ、最初の一口で、上海蟹と香箱はあまりにもよく似ていて、どちらでも同じという気がした。ただ強いて言えば上海蟹の方が少し身が柔らかく甘いようにも感じたが、香りは北陸のズワイ蟹の方がいいように思えた。

味の点は別としても、リムとホウとチェンの三人の男たちの蟹の食べ方は、明らかに日本人と違った。蟹の身の質も違うのか、彼らはリズミカルにダイナミックに、蟹のあらゆる身の部分を啜りあげるという感じだった。

細い脚の肉は身をほじり出すのではなく、しゅっと啜ってぽんと殻を棄てるのである。しゅっ、すぃっ、ぴゅっ、ぷちゅ、すっ、ぽん、という感じである。彼らは最初に釜から

あげた蟹の中から三匹ずつをリズミカルに豪快に平らげた。淑子は爪先までていねいに食べるので一匹がやっとだし、夫はもっと下手くそだった。

淑子はいつのまにか、蟹の向こうに兄の顔を思い出していた。

兄は警察官であった。淑子が十五歳の年の一月、兄は夕方になって友達の家へ出かける、と言った。雪がちらついていたが非番の日であった。母は台所から「蟹を茹でたとこや。食べてから行ったらいかんの？」

と声を掛けていた。友達とは一応時間を約束したから、と兄の元気な声がした。

「ほんなら帰ってから食べたらええ」

と母は言った。淑子は二階の窓から、兄がオートバイで出て行こうとしているのを見ていた。オートバイの排気管から白い息のようなものが見えた。なぜかその日に限って兄は二階を見上げ、ヘルメットをかぶる前に淑子に笑顔を見せた。それが兄が自動車にぶつけられて事故死する前に見せた、最後の爽やかな笑顔だった。

たった一瞬あれだけ笑顔を見せただけで、兄は家族に輝いた記憶を残して世を去った。秀才でなくてもいい、いつも優しく笑顔を見せる人でいようと、淑子は葬式の時に思った。しかし現実の淑子は、ひっそりとした、あまり愛想もよくない女になっていた。

淑子は二十六歳の時、土地の大手の家具販売会社に勤めている青年と結婚した。タレントにでもなれそうな整った顔だちだったし、何ごとにつけても陽気で行動的なところに、

淑子は惹かれたのかもしれなかった。しかし結婚して二、三年の間に、淑子は彼の性格と付き合うことに疲れ果てた。麻雀はするし、ヨットの仲間とは身分不相応なつきあいをしていたし、酒量もかなりのものだった。淑子との話はすべて上の空だった。そしてそういう自分の身勝手に対しても、妻はおとなしく家にいて待っているものだ、という古い土地の考え方だけはしっかりと踏襲していた。

夫に対する失望とは直接関係ないのだが、その頃、夫の実家の母が、蟹をくれたことがあった。もらって家に帰って食べようとすると、蟹は腐っていやな匂いがしていた。それは夫だけでなく、夫の一家の不実の匂いのように淑子は感じた。

淑子が離婚を決意して実家に帰り、あわてた夫が淑子を追いかけて来た晩、母はやって来た仲人と夫のために、座敷の机にお銚子や蟹やもずくの酢の物を並べた。娘とは言え夫婦の間柄を決定的に決める際、追い詰められた空気を作るのはよくない、と考えたからしかった。

淑子はもう決心していたので、蟹を食べた。いろいろと考え疲れて数日まともな食事をしていなかったので、実際にお腹が空いていたからだったが、いきなり離婚を言い出されたと感じている夫は、酒を飲むだけで蟹には全く手をつけなかった。仲人も淑子の決意が固かったので、夜半近くには、「そこまで決心しておいでるなら、仕方ないね」と言うようになった。

今の夫と結婚したのはそれから三年後のことであった。今でいう「バツイチ」同士である。ただ先方は五歳の女の子と、三歳の男の子を抱えて妻と離婚したばかりだったので、こういう家族のところに来てくれるなら……という低姿勢であった。彼の別れた妻は、好きな男性ができたので、子供はおいて出るという変わった女性であった。

淑子は昔から子供好きであった。自分でも無愛想な性格だと思っているのに、見知らぬ子供がなぜか淑子にはすぐなついた。しかし今の夫の子供たちにも、淑子は母になろうとはしなかった。いっしょに住むようになった「おばさん」という態度を取り続けたのである。

下の息子は年が幼かったこともあって、淑子に抱かれたがったが、上の娘は頑《かたくな》な性格だった。淑子は会ったこともない前の妻とそっくりだと佐山昭造は言ったが、淑子は気にしないことにした。そもそも継母と継娘《ままこ》という関係は誰にも変えられるものではない。変えられない関係を変えようとするのは、人間の思い上がりであった。

高校になると、継娘は何度も問題を起した。万引きをしたり、言葉遣いのおかしい男から電話がかかったりした。淑子は一歩身を引いて見ていたが、昭造はこの娘のことで神経をすり減らした時期があった。

田舎の母から蟹が送られて来た夜のことであった。継娘はそれより前数日間、どこへ行ったか連絡が取れなかった。まもなく正月休みも終わりになる。父親の昭造は、外聞もあ

って、何とか休みの間に娘と連絡を取りたいと焦っていた。

二日後から高校が始まるという夜、淑子は食卓に送られて来た蟹を出した。

「今度の週末まで連絡がなかったら、警察に届けを出せばいいじゃありませんか」と淑子は言った。すると突然昭造は怒って、「人の娘だから、そんな呑気なことを言うんだ」と怒鳴った。淑子は一瞬考えてから、「ごめんなさい、ほんとうにそうでした。でも気にしていないいんじゃありません」と言った。すると昭造は「僕も悪かった。あいつがいつもいつも淑子にも迷惑をかけることで、自分を怒っていたんだ」と言った。

それから三時間後に、継娘は帰ってきた。食卓の上には、暖房で少しばかり身の乾きかかった蟹がまだ少し残っていた。

「蟹を食べる？」

何も言わずに淑子は尋ねた。

「食べる」

継娘は言い、一家はほっとして熱い番茶を飲んだ。この継娘は昔から極度に言葉の少ない子だった。

リム家の上海蟹の会はいよいよたけなわになろうとしていた。

二度目の蟹が間もなく茹で上がって来ると予告されたからである。お酒は昭造が何度も褒めちぎるほどの上等な加飯酒と呼ばれるものだった。

ホウ夫人は最初の釜からの二匹を食べると、殻入れに蟹の殻をきれいに空け、手を拱《こまね》いて周囲の人たちの食べるのをずっと見ていたので、淑子は夫人も蟹は二匹で終わりにするのかと思っていた。しかし二釜目の熱い蟹が運ばれて来ると、夫人は俄然活発に箸を動かして食べ始めた。こうしてかなり長い中休みを楽しんだ後で食べる方法もあるのだ、と淑子は知らされた。

Tシャツのチェン夫人は、倦まずたゆまず蟹に「専念」していた。ほとんど脚の先端と言いたい部分まで身をほじり出しているにもかかわらず、何より速度が早く、皿も散らかっていなかった。男たちは相変わらず、熟練した技で、ちゅっ、しゅっ、すぽっ、ぷちゅ、を繰り返し、蟹は見る見る殻に変身して大皿に移動した。

それから男たちは、何かしきりに笑い話のようなものを言い合った。昭造の話は、パレスチナが自治組織を作ると、警察の機能を持つ自警団を作る必要ができて来た、という逸話だった。しかしパレスチナ人には金がない。止むなく、日本の警察の制服のお古をもらうことになった。ところが配布してみると、ズボンの丈がすべて足りなくて困った、という話である。日本の警察官だってこのごろは脚の長いお巡りさんはたくさんいるのに、と思いながら淑子は聞いていた。けれど、日本人が自嘲的に言うにしてはよくできた話であった。別れた最初の夫は、こういう話さえ聞かせてはくれない人だった。

リム氏は、懐から紙を出して、これは今日見つけて来た笑い話だと言った。そしてフィ

リピン人のメイドに命じて、そこにいる客の数だけコピーを作らせて来た。

「結婚是失誤、離婚是覚悟、再婚是執迷不悟、没有情人是廃物、有很多情人是動物」

何となくはわかるが、はっきりした意味はわからなくて、淑子は戸惑っていた。

「結婚は過ちで、離婚は悟りである。再婚はまだわかっちゃいない。恋人がいないのは、役立たず。恋人がたくさんいるのは、動物」

夫は淡々と訳した。淑子も人ごとのように聞いていた。男たちはそれからがやがやと英語で喋りまくり、大声で笑った。

「男人二十歳是癩皮狗、

三十歳是看家狗、

四十歳是猟狗（有了銭找猟物）、

五十歳是瘋狗（到處追美眉）、

六十歳是死狗（没用了）」

「これはなあに？」

淑子は小声で聞いた。

「二十歳の男は皮膚病の犬。この意味はよくわからない。三十歳の男は飼い犬。女房の言いなり、ってことだろうな。四十歳の男は猟犬。金になるものばかりを追いかけている。五十歳の男は色きちがい。どこまでも美女を追いかける」

「そして六十歳は？」

夫はもう六十歳を過ぎていた。

「死んだ犬。用はないってさ」

しかし夫もそこにいた人々も、そんな宣告をほとんど気にも止めていないようだった。彼らは笑い、それは上海蟹が笑わせているようにも聞こえた。

# ジョアナ

誰もがうんざりするほど長い飛行機の旅をして、地球の裏側まで行かなければならなかった。日本からブラジルまで、純粋に飛行機の座席に坐っている時間だけで二十四時間はかかるのである。久米モトイは白いブラウスに黒いスカートをはき、その上に薄手の黒いカーディガンを着ていた。本当はこの他に薄手の黒のレインコートを持っていたが、それは頭上のラックに畳んで入れてある。他に着替えや洗面用具を入れた機内持込みのできる範囲の小さなカバンを持っているが、それもラックにちんまり収まっていた。

このブラジル直行の便に乗る時は、凄まじい荷物を持った人たちばかりだった。向こうへ行く日本人も、帰国する日系人も、持てるだけの荷物を持っている。モトイの隣に乗った子連れの小柄な女性も日本人に見えたが、子供にはブラジルの言葉で喋っているところを見ると、日系人なのだろう。その人の荷物を棚に乗せる時も大変だった。彼女一人では持ち上がらないのである。モトイも手伝ったからわかったのだが、金の延べ棒が入っているのではないかと思うほど重い。子連れの女はモトイが手伝っても、礼も言わなかった。

当然という表情が、日本人とは違った。それとも、礼を言う気力もないほど、出発までに疲れてしまっていたのかもしれない、とモトイは察していた。

モトイは修道女であった。最近では一目でそれとわかるようなベールなどつけていないから、少し白髪の目立ち始めた、ヤボな恰好のおばさんにしか見えないだろう。この旅の目的は、モトイの属する修道院からブラジルに派遣されて、もう二十年近くも働いている元山かよ子という今年七十二歳になる老修道女を連れて帰るためであった。

モトイたちの修道院は、日本で「慈愛の園」という老人ホームと託児所が組み合わされた施設を三カ所で経営していた。熱海と、知多半島と、広島である。老人たちの生活のすぐ傍《そば》に、親たちと暮らせない子供たちの施設を置けば、お互いに補い合う情緒があっていいだろうという計画は少し当てが外れた。それは老人たちの中に、幼い子供の存在にほとんど興味を示さない人が多いからだった。

日本での事業が軌道に乗った頃、日本と同じような託児所を、ブラジルでも始めてもらえないだろうか、という話が持ち出された。ブラジルには未婚の母が多い。生活力のない若い男女が無謀な性関係の結果、子供を生む羽目になったのもあるが、娼婦の商売の結果としてできた子供も珍しくはなかった。ブラジルはカトリック教国で公的には避妊が認められていなかったし、中絶の費用もない貧しい女性たちも多いと聞かされていた。

最初にブラジルの「慈愛の園」をはじめた頃、元山かよ子もまだ五十代の前半であった

ことになる。サンパウロから二時間ほど離れた所に一ヘクタールほどの土地を提供してくれる人がいたので、後は日系の成功者と日本の教会からの寄付とで、とりあえず二十人の子供を引き受ける建物を作ることになった。現在では、建物の面積も収容人員も倍以上になっているはずであった。近くに住む土地も職もない貧しい男性や寡婦などを手伝いに使い、サンパウロにある同じ修道院からは、日系の若いシスターが三人手伝いに来るというのが最初のスタートだった。

「シスター元山は体は丈夫だけれど、語学はむしろ不得意だったのよ。だからずいぶん苦労したと思うわ」

モトイは長い間、日本でこういう噂を聞くだけでシスター元山に会ったことがなかった。モトイはシスター元山はブラジルに行った直後に修道女になったのだし、働く場所も広島だったので、休暇で帰って来ても主に鎌倉の修道院にいるシスター元山に会う機会はなかった。

シスター元山は心臓が悪いという話は伝わっていたが、少し太り気味だったので、運動をして痩せればいい、とか、知人の日系人のうちで一週間の休暇を取った、とかいう話が聞こえて来ると、モトイたちは、シスター元山の苦労は、そうやってごまかしながらやっていける範囲だと考えていた。

しかし考えてみれば、シスター元山ももう七十を過ぎている。日本ならはるか昔に定年

の年である。後継者がいないというだけの理由で、園長の任務を離れられない。日系ブラジル人のシスターは現在では六人に増えていた。ブラジルではまだシスターになりたいという志願者がけっこういる。日本では修道女のなり手が少なくて、途上国に多いのは、貧困のせいだと言う人がいる。つまり修道院に入れば、食べるに困らない、ということだ。それだけが理由ではないが、それもある。まずシスターになれば、彼女たち自身が人々の尊敬を受けて安楽に暮らせる。しかし動機は、自分の周囲に、あまりにも多くの人生の悲惨を見ているからだろう。

モトイの場合もそうであった。小学校の頃、商社に勤めていた父が、アフリカのコート・ジボアール(象牙海岸)の首都アビジャンに赴任した。アフリカでは先進国風の大都市である。それでも一歩郊外に出れば、視野の中にただ一つの工業生産品もないという、原始に近い貧しい生活があった。

ブルイリ・アルサーというすさまじい皮膚病を見たのもその国であった。ハンセン病などの比ではない。初め虫に刺されたような小さいおできのようなものから始まった肉腫の潰瘍が腐臭を放ちつつどんどん広がって行く。やがて少女の乳房がまるっきり腐って落ちるほどになる。土地の人たちはそれを「ダロアおでき」と呼んでいた。ダロアという町の近辺から患者が多く発見されたからである。

村人からも嫌われるそうした患者たちを引き取って、故国の人々が出してくれた金で建

てた椰子の葉葺きの小屋の病院に引き取り、毎日患部を洗い、薬をつけていたのは、ドイツ人の修道女であった。

モトイがコート・ジボアールにいたのは九歳から十二歳までだから、別にそのドイツ人のシスターと親しくなったわけではない。しかしその四年間の日々は、決定的にモトイの精神に怪我の痕跡のように或る変化を残した。そのドイツ人の修道女のように、困難に立ち向かう生活の方が濃密な人生が味わえる、と感じたのである。七歳年上の姉が結婚して子供たちのお受験に夢中になり、義兄も猛烈社員でほとんど家で夕飯を食べないような暮らしを見ていると、ますますモトイはそういう思いになった。親たちはそれならどうして医学部に行って医者にならないのか、と言ったが、モトイはそんな難しい受験勉強をする気がなかったのだし、看護婦になる方がずっと病人と近い距離で暮らせるように感じていた。

もちろん看護婦になるということはモトイの場合、修道院に入ることと連動していた。悲壮な思いからではない。おもしろそうな仕事に就きたかっただけである。親たちの反対がないわけではないが、姉には三人の子供がいたし、秀才の弟が先輩の弁護士事務所で働くようになると、親の心の中にも、娘のうちの一人くらいは常識外れの道を歩かせてもいい、と思う気持ちが芽生えたようであった。

もちろんその道に入れば、いささかの失望を味わうこともある。修道女たちといえども、

ごく普通の人間の集団だから、手抜きをしたり、心ないことを口にしたり、無感動だったりする。しかしモトイは自分も他人もその程度にいい加減だから続くのだ、と意識していた。あの茫漠とした、いまだに原始がそこにのさばり生きるものをうちのめしている土地で人間をやって行くには、まず無感動になることが第一歩であった。

シスター元山は、初めはブラジルで骨を埋める気持ちでいたらしいが、やはり身体が弱って来たのだろう。今度は帰ってしばらく日本で療養してもいい、と言い出した。本人は再び戻る気でいるが、多分これで退任ということになる。モトイはポルトガル語はできないが、子供の時にフランス語を話すようになっていたので、全く英語しかできない人より周囲と話が通じるだろう、ということで、シスター元山を連れ帰る任務を命じられたのであった。引き上げとなると、後事を託し、荷物をまとめる助手としての雑事もあろうし、シスター元山一人で長い帰国の飛行機の旅をさせるのも心配だからであった。

モトイはのんびりした性格だから、飛行機の中でもぐっすり寝た。老人や子供を相手にしていたら、こんなにいつまでも好きな時に好きなだけ寝ていていい、という暮らしはできない。昼夜を分かたず眠って、サンパウロの飛行場で、見覚えある自分の修道会の服を着た二人の日系人のシスターを見つけた時、モトイは「疲れたでしょう？」と労《ねぎら》われたが、それほどの疲労は感じていなかった。シスターは、アナとスサナで、日本語はほとんど喋れないに等しかったし、フランス語も思ったほど通じなかったが、それでも幾つかの単語

がわかれば、それなりに、何とかなりそうであった。

シスターたちが乗って来た古いステーション・ワゴンで、モトイたちは約二時間近くハイウェイを走った。モトイはあたりの光景を物珍しく見ていた。ゴミ箱をひっくりかえしたような小さな小屋が集まっているスラムをここではファベイラと呼んでいた。最近はそれよりさらに貧しいテント暮らしの人たちがいて「シガーノ」と呼ばれているという。シガーノとはジプシーのことであった。

「そういう人たちはどうして暮らしているんですか?」

とモトイは基本的な質問をした。

「乞食をして暮らすんですか?　それとも盗み?」

乞食という言葉はフランス語と違い過ぎて通じなかったが、胸に手を当ててからその手を口に触れて前方にさし伸べれば、食べ物をください、という乞食の仕種になることを突然モトイは思い出した。

「そういう人もあります。でもセーターやハンモックを編んだり、占いをしたりしてどうにか生きている人もいるの」

二時間の間にようやく、今は五十六人がいるという子供たちの背景の一部がわかった。捨て子もいたが、女親だけがいる子供が圧倒的に多かった。

「ブラジルでは、住民票に子供の父の名前は要らないの。母の名前だけあればいいの」

アナは説明してくれた。母親だけが確定されているということは、ほとんど動物と同じ生き方である。競馬馬になれば、もう父の名はわかっているのだ。

「一九九七年の選挙の時からそうなったんです。選挙の票稼ぎです。ですからますます、パパのいない子が増えるのね」

スサナも言った。

表通りから十五分ほど、畑の中に伸びた道を行くと、やがて岡の中腹に見事なユーカリの林が広がり出した。そこが「慈愛の園」であった。シスター元山がここへ「入植」してから植えたユーカリなのだろうが、もうそれが大木になって梢を爽やかに風に揺らしているのである。

車が着いた音を聞きつけて、シスター元山が待ちかねていたように裏庭に現れた。モトイとは初対面であったが、何度も写真を見ていたのですぐわかって二人は親子のように抱き合った。

シスター元山の部屋に入ると、まもなく先刻のアナがコーヒーと甘いパンを持って来てくれたので、少し空腹を感じていたモトイはやっと落ち着いて窓の外で揺れるユーカリ林の梢を眺めた。

「ここが写真で見ていた場所なんですね。写真よりも広々としていていい所でした。それにシスターも心配していたより、ずっとお元気だったから、よかったと思ってます」

「あなたが来てくれると聞いただけで元気になったのよ。今朝もまだ、やっぱり帰るのはよそうか、と思ってるの。だってここを、今のようにするまでに、最初の数年の間は、何度もうやめようと思ったかしれないんですもの。そしてその闘いは、今でも続いているのよ」

「お金がないことですか？」

「それもあるけど、どんなことにも許可をもらうのが大変だったの。最初の十五年間は、ひたすら政府に書類を出すのに明け暮れたんだから」

シスター元山は言った。

「今は、政府の方でも大分考えてくれるようになりました？」

モトイは日本を出るまでに、もう少しサンパウロの「慈愛の園」のことを調べて来るべきだった、と思いながら言った。少なくとも、修道会の日本本部は、ブラジルのこの事業に恒常的にいくらかの金を出している、ということはなかった。けちをして出さないのではない。廻す金が日本にないからであった。

「いいえ、ここは福祉国家じゃないの。今までにうちの施設が受けたお金は、一人分として日本円で五十円を、子供の数だけ三回もらっただけ」

「毎月一人五十円ですか？」

「いいえ、この十八年間に子供一人に対して五十円ずつ三回だけ、それも何度も何度も書

類を出してやっと頂いたの」

「じゃ、どうして暮らしていらしたんですか」

口に出しては言わなかったが、シスター元山も疲れるはずだ、とモトイは思った。

「日系人からお米とか野菜とかを大分頂くの。学用品とか古着とかもね。それから近所に住む人も時々何かくださるの。お菓子とか果物とか」

「でもそれだけでカバーします？」

「いいえ、それは無理。一人どうしても年に二万円はかかります。病気もするし……でも月に一度、日曜日に歯医者さんがお一人、ボランティアで来てくださるの。それから時々、兄弟の散髪屋さんが来て子供たちの髪を刈ってってくれるのよ」

何とか生きてきた、ということなのだろう。人はめったに餓死するものではないが、ただ、生きているとは言えないような生き方をしている人たちが、アフリカにも南アメリカにもたくさんいるということなのだ。

モトイはすぐ、修道院の中を案内された。風邪を引いて寝ている二人を除けば、皆学校へ出払っていて、日系のシスターたちだけが、洗濯場や炊事場や自習室で働いていた。小鳥の籠も、植木鉢の花もよく手入れされている。むしろどこもかも花だらけ、という感じだった。施設の中を一周しただけで、モトイは修道女たちにも、外部から働きに来ている従業員たちにも、全員に挨拶をすることができた。

子供たちは大きな三部屋に入れられた二段ベッドに寝ているのである。もっとも一番幼い子供たちだけは、梯子が危ないので、普通の一人ずつのベッドであった。毛布は洗いざらしだが、不潔ではない。一人一人のベッドの上には、その子だけの大切な私有物であるお人形が一つずつおかれていた。留守を守っているという感じだった。モトイは反射的に部屋に臭気のないのも確認していた。管理が悪いと、子供でも老人でも、共同生活をする場所には、どうしても特有の臭気がたちこめるようになる。それは一朝一夕に掃除などしても取れるものではない。シスター元山が厳しく言っているからこうした清潔が保たれているのか、日系人というのはやはり遺伝子の中に律儀さが残っているのか、モトイはほっとした。

シスター元山は、モトイの顔を見たら急に心臓もおちついてきて、もっと働けそうな気分になって来た、と繰り返した。「まだ大丈夫だから残ろうかしら」と言ったり、「あなたがここへ残ってくれると、私も続くんだけど」とシスターは無邪気だった。もちろん日本管区は人手不足で、モトイをブラジルに出せる状態ではないことをシスター元山もよく知っている。しかしとにかくシスター元山が元気なことで、モトイは帰りの飛行機の中での不安が減ったような気がしてほっとしていた。

その夕方までにモトイは、一抹の寂しさを匂わせてシスター元山の荷物があらましかたづけられているのを確認し、アナやスサナや他のシスターたちの仕事の割り振りを覚え、

子供たちが帰って来ると中で特徴のある子の数人の名前を覚えた。金髪の髪を嫌悪しているのか男の子のように短く刈った白子《アルビノ》のマリアと、太って大きいクララは顔立ちからみても山岳部族の出であった。後は、じっと見ているうちに次第に一人一人が確認できるようになった。

「子供が帰って来るまで、私は心配性なもんで、どうしても落ち着かないのよ」

シスター元山の話によると、子供たちは少し大きくなると、時々学校の帰りによくない遊びをするようになる。もちろんこの「慈愛の園」は少女たちのためだけの寮なのだが、近所の少年たちと裏山へ入って帰って来ないような子供が出るのである。シスター元山はその度に若いシスターを連れて当てどなく探し歩いた。無理もないのである。子供たちは一間だけのスラムで育ったのだから、もう四、五歳から性に目覚めている。男の子の性的いたずらは二歳でも始まるのである。

「でも私が心配すると、この国育ちの若いシスターたちは、そこまですることはない、っていう感じなのよね。防げるものじゃありません、って言われるの。だけど結果は目に見えてるでしょう」

少女は妊娠し、お腹の父親はたとえわかっても責任が取れるような状態ではない。一番若い父親は十二歳だった。

シスター元山がその手の問題について、最も心を痛めるのは、事後処置についてであろ

うとモトイは想像した。中絶は医学的にも殺人行為だから、シスター元山は窮地に立つのである。しかし十五歳の少女が、十二歳の父親の子供を生めば、その後でその幼い母親はどうしてその子を育てるのだろうか、とシスターの心は深く痛むだろう。

学校から帰って来た子供たちは、誰もが争ってモトイと握手をしたがった。しかしその中で一人のジョアナという少女は、モトイのスカートを摑んだまま誰に押されても決して離さなかった。

「ジョアナはいくつなの?」

この施設に着いて一番先に覚えたポルトガル語は、「名前は?」と「幾つ?」だったので、モトイは尋ねた。

「十三」

この国に来てわずか数時間の間に、モトイはもう、たとえ語学ができても聞いてはならない幾つものことがあるのをシスター元山の話から察していた。「お父さん」のことを聞いても、黙る子がほとんどなのである。

父は遠い遠い存在なのであった。死んでいるか、どこかで生きていても見たことがないか、母と同じベッドで寝ているあの男を父と呼んでいいかどうか子供たちは迷うのである。

ジョアナはモトイの手を引っ張って強引に自分のベッドに行き、垢だらけになった人形を見せて「ママがこの人形を持って来てくれたの」と冷たくしかし誇らしげに言った。ジ

ヨアナは全く笑う表情を見せなかった。

「ママは明日、私を訪ねて来るのよ」

笑いはしないが、ジョアナは得意そうだった。日付変更線を通って来たので、感覚がおかしくなっているが、明日は土曜日である。モトイがこれからたった数日過ごすだけの部屋にほんの数枚の着替えを吊るし、石鹼まで持参した洗面具を出す作業をする間にも、ジョアナはずっとモトイのスカートに摑まっていたので、モトイはなかなか仕事がはかどらなかった。

「ジョアナのママは、どういう人なんですか？」

翌朝、一晩ゆっくり眠った後のさわやかな目覚めには、時差のうっとうしさもなく、モトイは朝飯《あさはん》の後で、初めてシスター元山に個人的な質問をした。

「メイドさんをしている、と言ってるけど、実は売春をしている人は多いのよ。ジョアナのママもメイドさんをしているとは言ってるけど、どうもみなりがけばけばしいんですよ。でもまあ子供がかわいくてたまらないとこは救いね」

「でもジョアナは私にとりついて離れないんですよ。よっぽど、母親の感触に飢えている、っていう感じだけど」

「ここの子は皆、そうなのよ。お客さまでも誰でも、自分のものにするの。たった一分でも三日でも、自分の専用品にするの。だから他の子が手を出すと追い払うこともあるの

よ」

「ここには幾つまでいられるんでしたっけ」

モトイは一日で年齢制限の持つ意味の重さを感じかけていたのであった。

「初めは十八歳まで預かることにしてたの。十八歳になると、一応選挙権もあるわけだから、自活してもらおうと思ってね。でも今では十二歳にまで下げたの。性的な面でとてもお守りができないから。だから預かる時、必ず十二歳で引き取ります、っていう誓約書を書かせているんですけどね」

「でもジョアナも十三歳だから」

「そうなの。一応の規則はね、十二歳までなんだけど、でもメイドさんだと子供を連れてきたらやめてもらうという主人が多いでしょう。ジョアナも同じで、帰る家がないのよ」

シスター元山はそう言ってから、つけ加えた。

「でも私がそんなことまで心配することない、と思うようになったの。もしそれが必要なことなら、二世の若いシスターたちが何とか解決するでしょう。神さまは必要な時に、誰かにちゃんとその力をお与えになるから」

せめて滞在中の丸五日の間だけでも、モトイは修道院の仕事を手伝うことにした。半端仕事としては掃除が一番しやすそうであった。掃除が早く終われば、係のシスターは他の仕事に廻れる。しかし洗濯と炊事は外から人が入っているから、それをうっかり手伝うと

怠け癖がついて、後で支障が出るだろう、ということが、コート・ジボアールで暮らした経験からモトイにはすぐに想像がつくのである。こうした外部からの従業員は、すべて若くない未亡人とか、脚が片方不自由だとか、片方の目が見えないとかいうことで、もともと就職難のブラジルでは、ほとんど職にありつけない人々ばかりであった。

土曜日の午後、ジョアナは再びモトイにとりついた。

「今日、ママが来るの」

もうわかっていることなのに、ジョアナは再びモトイに言った。

「そう、何時に来るの？」

「わからない。でも夜。仕事が終わってから来るから」

「お母さんのおうちから、ここまで遠いの？」

ジョアナは返事をしなかった。

知恵遅れでもなく、恥ずかしがっているのでもないのに、子供たちがなぜか返事をしないことがあると、モトイはそこにどんな生活が隠されているのだろうと考えてしまう。

「ジョアナのお母さんは、今日夜になって来て、それでまた、帰って行くんですか？」

モトイは昼御飯の時シスター元山に尋ねた。

「土曜日でも昼か夕方までは働かせられるんでしょうからね。日曜日もほんとうなら働かせたいところなんでしょうけど、メイドさんでも、売春してる人でも、教会へ行くことに

なっているから、休ませないと世間体が悪いのよ」

ローマでは、娼婦が夜の稼ぎに出る前に「今日はいい客がつきますように」と祈りに行く特別の教会があるのだ、という嘘か本当かわからない話をモトイたちは聞いたことがあった。「娼婦が『商売繁昌』を祈って教会に出入りするとは何事だ。教会に行きたかったら、商売を止めろ」と日本人は言うのだ。しかしそんな言葉は浮き上がっていた。アフリカでも南アメリカでも生きることは「何でもすること」を意味していた。

その午後、モトイはまたおもしろい客に引き合わされた。客というよりいつも「慈愛の園」に出入りしている人だということは彼の態度物腰ですぐわかったが、その四十代後半の男性は縞の開襟シャツを着て、腕に三歳くらいの男の子を抱いていた。モトイがその二人を親子と思わなかったのは、二人があまりにもかけ離れた肌の色と顔だちをしていたからだった。男は純粋の白人で日焼けした額が赤くなっていたが、腕に抱いていた子供は山岳地帯に住むインディオ特有の、目と目の間が狭い菱形の痩せた頬をした子供だった。

「ペドロ神父さまなの。イタリア系の方なので、よくおいしいスパゲッティを作ってくださるの」

シスター元山はそう言って紹介した。ペドロ神父は、サンパウロとこの「慈愛の園」との中間くらいの地点で、結核にかかった出稼ぎのインディオたちを療養させるコロニーを作っていたが、時々今日のように、身体のよくなりかけた患者たちが作っている小さな菜

園で採れた野菜を、届けに来てくれるのであった。

「ペドロ神父の正式なお名前は、ペドロ・パウロ・デ・ジェズスとおっしゃるの」

シスター元山はおもしろそうにモトイに教えた。日本風にいえば「イエスのペテロ・パウロ」ということになる。

「すばらしいお名前ですね。神父さまになるより他、仕方のないお名前だわ。タクシードライバーになっても果物屋さんになってもあまり合いません」

モトイがフランス語で言うと神父はわかったらしく、「父の謀略でしょう」と冗談を言った。

「この子は施設の子ですか？」

モトイはシスター元山に尋ねてから、すぐ質問は見当違いだった、と思った。結核患者の施設に幼児がいるわけがなかった。

「この子は、アンジェル（天使）という名前で、お父さんは結核患者だったの。山の方の人は郷里では働き口がないでしょう。だから、何とかいい稼ぎ口はないかと思って、皆はるばるサンパウロまで当てもなく出て来るんですよ。でも見つかる仕事は、汚くて、きつくて、お給料の安いものばかりよ。

それで嫌気がさして、食べ物も食べないで安酒を飲んで、女ができたりするの。するとますます田舎の家族とも心理的に連絡が取りにくくなるでしょう。もっとも男の人は字が

ないの書けないし、奥さんも読めない人だから、私たちが手紙を書くようなわけにはいかないのね。

　そのうちに栄養が悪いから結核になるの。病院には入れてくれるけど、家族に知らせることもできない。日本人だったら、郷里に病気だって知らせれば、どこかからお金が出ることもあるでしょうけど、奥さんだってほんとうに貧しいんだから、病気になったからって夫にお金を送れるような状態じゃないのよね。死んで知らせても、ほとんど遺族は遺体を引き取りにもきませんせん、って」

　この子は、或る山の男が、都会で関係のできた女との間にできた息子だった。女もまじめな性格ではなかったらしく、間もなくもっと甲斐性のある金廻りのいい男と知り合うと、男の元に息子をおいて消えてしまった。その失意が引き金になったのか、まもなく男は結核にかかった。神父は、男がその子をどうしても手離したくないと希望したので、しばらくの間修道院の賄いの女性に頼んで男の子を預かってもらっていた。

　せめて息子といっしょに暮らしたいという希望が強かったのか、病人は思ったより早く退院して神父のやっている病後の収容施設に戻った。一応菌は出なくなっているというので、父と子は、療養者の住む長屋の一室で一つのベッドに抱き合って寝るようになり、子供は昼間のうち長屋の空き地で皆に少しずつ構われて育つようになった。思えば、それがこのアンジェルのもっとも幸せな日々であった。

「よかったですね。山の家族の元には戻れないんでしょうから、せめて出先でできた子供一人と暮らせればね」

モトイはほっとして言った。

「いいえ、それがそうはいかなかったのよ」

アンジェルの父が退院して半年ほど経った時であった。神父は修道院の仕事でアルゼンチンのブエノス・アイレスに出かけていた。その夜に一つの事件が起こった。

男はもともと深酒をする性格だった。酒を買うような金は持っていなかったはずなのに、その日、ペドロ神父がいないことも一つの気の緩みに繋がったのか、彼は隠してあった金で、一リットル百五十円という安酒を買ってベロベロになるまで飲んだ。それから村の道を歩いていた十四歳になる少女を襲って強姦した。

夜陰に乗じて犯行は行われたはずだったのだが、それは村人たちのすぐ知るところとなった。村人たちは、療養患者のコロニーに押しかけ、アンジェルの父親を引きずり出し、三十分以上かかって殴り殺した。泣いている男の子もついでにリンチに遭いそうになったが、賄いを受け持っている女性が小わきに抱えて逃げ出し、知人の家に隠れたので、どうにか子供の命は救われたのであった。

「子供がその夜のことを覚えているかどうかをペドロ神父さまは心配しておられるの」

「大きくなってみないとわかりませんね」

「神父さまは、どこか別の国へ養子に出そうとしていらっしゃるの。過去は一切わからないような場所へね。アメリカ人とか、ヴェネズエラ人とかにもらってほしいの。でもその前に、とにかく隙《ひま》さえあれば、こうして抱いていらっしゃるのよ。抱く時間が長ければ、多分この子は忘れます、って。夜だったから、暴徒が押し入って来た時のことも多分何も見えなかったでしょう。当分の間は、とにかく抱いています、って」

「コロニーと村との間がそれで険悪になったことはないんですか？」

「まあ、あの神父さまがいらっしゃるから、何とか収まったのね。初めのうちは殺された男を墓地にも入れてやらない、って言ったんですって。でも以前に泥棒をした人がいて、その人のお棺の上になら埋めてもいい、ってことになったのよ。貧しい人のお墓は、時としては、前の人のお棺や遺体がまだ腐らないうちに掘り返して次の人を埋葬することもあるから。それでも神父さまは喜んでいらした。墓地があってよかったです、って、一応は安心なさったの。でもね……」

「でも、だめだったんですか？」

「遺体がすぐ盗まれたの。村人が腹いせに棄てたという人もいるし、そう見せかけた全く別の人が、大学の医学部に実験用に売ったらしい、という噂もあるけど、もちろん警察が遺体を探し出して来る国じゃないですものね。だからアンジェルのお父さんのお墓はないの」

「お墓なんてない方がいいわ」

　モトイは思わず言った。

「そうね。アンジェルは過去から切り離してやらなきゃならないんだから」

　ペドロ神父は、シスターたちに勧められて夕食をいっしょに食べて行った。その間アンジェルは、傍のソファで、シスターに毛布を掛けられて穏やかに眠っていた。

　食事が終わったのは午後八時であった。

「ジョアナのお母さんはもう着いたんですか？」

　モトイは尋ねた。母は子供の部屋を知っているのだから、まっすぐ会いに行っていれば、モトイたちは知らないでいても当然かと思えた。

「まだなんじゃないの？　来れば必ず私たちの所へ顔を見せるわ」

「それにしてもずいぶん遅いですね」

「仕事を終わらせてくれなかった時もあったの。それからバスの時間が不規則でしょう。途中でエンコした時もあったし、そうなるといつ着くかわからないのよ」

「昔はもっとひどかったのよ」

　と日系の若いシスターが言った。

「ドライバーが、突然、バスはここからもう先へは行かない、と言ったことがあったの。どうしてですか？　って聞いたら隣の席にいたおばさんが、ドライバーの彼女の家がこの

近くにあるんだって。そこへ行きたくなったから、もうその日はそこでストップしたって」

「そんなことあるの？」

「私の小さい時、確かにあったのよ」

食後のお菓子は自家製のプディングだった。どこの修道院でもよく作る残り物のパンを利用したお菓子である。それに蜂蜜を少しかけると、それが修道院の香りになる。その後でモトイが早くも大好きになりかけたブラジル風のしっかりと甘いコーヒーを飲んでいると、電話が鳴った。

「シスター元山に、ジョアナのママからです」

先に出たシスターが言った。

「また来られない、ということかしら」

シスター元山はそう呟きながら立ち上がった。しかしその電話は決してそんなに簡単なものではなさそうだった。

シスター元山の会話はモトイには七割しかわからなかったが、それは向こうに起きた切迫した経緯を鮮明に伝えているように聞こえた。電話を切ると、シスター元山はがっくりしたように食卓に戻って来た。

「彼女は大丈夫？」

シスター・アナが尋ねた。

「ここへ来ようとして、バス停の所へ来たら、ならず者に襲われたんですって。バス代も強奪されて、服もはがされて、レイプされたんですって。泣きながら電話を掛けて来たの」

「バス代まで取られたって、電話代はどこかに隠して持ってたのかしら」

シスターの一人が言った。その言葉には、ジョアナの母が、時々信用できないことを言う、というニュアンスが含まれていないでもなかった。

「一時間ほど歩いたところに友達の家があったらしいの。それで破かれた服が目立たないように暗い道を選んで歩いてそこまで辿り着いて、電話代を貸してもらったんですって。でも今日は行けないから、ジョアナにママが謝っていたって。そしてとてもとても残念だ、って。そしてとてもとても心に思っている、って伝えて、って」

「ジョアナにママは急用ができた、って言ってきます」

スサナは言いながら立ち上がった。そしてほとんど三分もせずに帰って来た。

「ジョアナは、何て言った？」

皆は口々に尋ねた。

「何も」

「がっかり、してた？」

「いいえ、何ともないような顔してた」

「前にもこういうこと何度かあったもの」

「だから、なおさら堪《こた》えると思うわ」

モトイもその説に賛成だった。

「でもレイプされた、という話はなかったわね」

「そうね、これは今度が初めてね」

それから皆は黙ってコーヒーを飲み干した。

「どの子も、一刻も早く家へ返したい、というのが私の悲願だったのよ。そう思って知能の遅れた父親のところへ返したこともあったの。でもその父親は平気で食事も与えないし、もちろん洗ってもやらないから、その子は臭くなって皮膚病だらけになって、痩せたノラ犬みたいになって帰って来たのよ。そして言うのよ。『シスター、ここが私のおうちよね。私はもうどこへも行かない』って。ここがなければ、彼女は、あのお父さんとの生活だけがおうちだと思っていられたのに」

それはシスター元山の繰り言にも聞こえた。

ジョアナには大きな変化はないようだった。泣いている気配もないし、月曜日には普通に学校に出かけた。帰って来ると、また黙ってモトイに取りすがったが、その手は、来た日よりひどく冷たくなっているように感じられた。

　同じような日が三日ほど過ぎて、水曜日の夕食の後、シスター元山が子供たちに別れの挨拶をした。子供たちは元気にお別れのキッスをした。何度も何度もする子もいたし、笑ったりふざけたりする子供たちには、深刻な別離の辛さはなさそうだった。

「さようなら、ジョアナ」

　とモトイは言った。

　ジョアナは三角形の顎を少し傾けてモトイを見たが、手を差し伸べようともしなければ、他の子供たちのように別れのキッスもしなかった。この人も私を棄てて行く、とジョアナは言っているようだった。

# 道のはずれに

脇村正午《わきむらしょうご》は昼少し前に起きて来ると、まっすぐ書斎に行き、新たに書き始める脚本の資料を探し出すために、八畳ほどの仕事場のほとんど四方の壁をぐるりと取り囲んだ書棚の下段の引き戸を開けた。資料を探さねばならない、という強迫観念は、昨夜床に就く前からあったものであった。

これだけの書棚を作るためにこの部屋はほとんど牢獄のようになってしまった。南側にたった半間の小窓があるだけで、北側にも初めはあった小窓を一つつぶした。その結果、空気の流通が極度に悪くなった。風通しの悪い住処というものは、邪気を溜め込み、運も悪くなれば健康を害することもある、と床屋で読んだ週刊誌の「運勢判断」の欄には書いてあった。脇村は占いめいたことを信じないと言っていたが、こうしてずっと覚えているところをみると、既にそのことに心のどこかで捕らわれているのかもしれなかった。

しかし仕方がないのだ。彼の家は、本や書類で溢れている。引き戸の中には、脇村が過去に書いたテレビや舞台の脚本も入れてあるが、実はまるっきり紛失してしまっている作

品さえあるのだ。いざとなれば、誰かがどこかで記録として保管しているだろう、と思っているのだが、一度書いたものをしみじみ読み直したい、と思ったことがない。一度書けば、作品は「過去のもの」として死者になる。その点、資料にはまだ未来の作品を書くための命が胎児のように眠っている、という感じだった。

資料の多くは、デパートが洋服を入れて届けて来た時のボール箱何個かに溢れるほど詰め込まれていた。それらは何年も整理したことがなく、棚自体を掃除したこともなかった。脇村は妻の由美子に「書斎はいじるな」と言ってあったのだし、そこに数年分、いや十数年分の埃が溜まっていようとその手触りを容認しようと思ってはいたのだが、このごろは下段のものを取り出そうとして中腰になると、膝や腰が痛むことがあった。ほんのそれだけのことで、下段の資料を出さずに済ませる方法はないものか、と思って一夜が過ぎたのである。

資料の中から目指す数枚の紙を出すという作業は、痛む膝に耐えながら中腰でできることではない。脇村は床の上にどっかと腰を下ろした。これで立ち上がる時の痛みに耐えるのがまたけっこう嫌なものである。

しかしいやいやることにもおもしろい結果が出ることもあった。資料の箱の中から、数枚の古い写真が転がり出たのである。

写真は写真で別の洋服箱があるはずなのに、ここに数枚が紛れ込んでいる理由は思い当

たらないわけでもなかった。一年ほど前に「現代脚本家の軌跡」という写真を主にした本が出た時に、脇村もその一人に選ばれ、珍しく名の通った写真家に肖像写真を撮られた。脚本家というものは徹底して陰の存在としてあるのだ、と思い込んでいたので、少し戸惑い、少し晴れがましく感じた。その時、昔の写真を出版社が借り出して行った。写真家の撮った肖像写真には、自分の気弱さが額に寄せられた防御的な皺にこめられているように感じられて、脇村はあまり気にいらなかったが、脇村の自称ファンの一人だと称するまだ会ったこともない女性からは、「人生を斜めに見ているような先生の心の視線が照れ笑いで歪《ゆが》んだ顔に出ていてよかった」などという褒め言葉のつもりらしい手紙が送られて来たので、脇村は今までのところ、その写真を告別式に使うつもりではいたし、出版社に貸した他の古い写真も返却されて来た時きちんと前の箱に戻さなかったから、今こんなところから転がり出て来たのである。

脇村は自分が意志の弱い男である、と今までに思い続けて来たが、今日もこういう写真が一枚ぽろりと出て来ただけで、すぐ本来の仕事の目的を忘れて、その写真に気を取られた。

それは今からもう四十五年ほど前の古い写真である。色が変色してセピア色になりかけているが当時の写真はすべてそうだったのだろうか。ズボンの丈が短く、袖幅が狭く、どことなくやぼったく学生服を着た若い男たちが四人写っている。一番右端の右肩下がりの

青年が脇村であった。

その隣の一番小柄なのが小野泉という男で、彼は大学時代に車に轢かれて死んだ。人間が素朴に生き続けるということだけでも大変な僥倖なのだ、と脇村が思ったのはその時であった。別に昔の小説に出て来るように、末は裁判官か大学教授になろう、などと思ったことは一度もないが、泉の死は彼らグループの人生の目的に、はっきりと影を残したようにも思う。少なくとも小野の死によって脇村の生きる目標は一挙に慎ましいものになった。「生きていれば文句は言えない」ということになったのである。

しかし写真に写っている三番目の男は安藤俊樹で、彼の生き方は高度成長期の日本人の典型のようなものであった。彼は日本でも最も大手の商社に入った。彼自身がそれを目指したかどうかは別として猛烈社員の道を歩き出したのである。

大学の心理学科を出た後、就職もせず、脚本を書こうと思い始めていた脇村は、しばらくの間この友達から遠ざかっていた時代があった。安藤が香港転勤になったとか、サウジに出張しているとか、シカゴの支店長になったとか聞くと、気楽に連絡を取る気にもならなかったのである。

今でも滑稽な記憶がある。或る日、新しい卒業名簿が送られて来たのをきっかけに、脇村はハンブルクの住所が記されている安藤に手紙を書いたのである。ところが脇村の家には航空郵便用の封筒がなかった。脇村は妻の由美子に、

「今日、買い物に行ったら、航空郵便の封筒買って来てくれよ」
と頼んだのだが、帰って来た由美子に「封筒、どうした？」と聞くと「売ってなかったの」という返事が返って来た。マーケットにないなら、どこか文房具屋へでも寄って探して来たらどうだ、と脇村は思ったが、彼らの住む小さな古家の近くには文房具屋もないのである。そうか、俺だってこういう場合には買いに行かないだろう、と思うと、脇村は妻を責める気にもならなかった。そして脇村は、せっかく安藤に当てて書いた手紙を数日後には破り捨ててしまった。

人間の運命はたかだかこんなことで狂うのである。もしこれがもっと重大な「連絡事項」だったら一生の運命を狂わせる結果になる。航空郵便の封筒一つで手紙を出さなかった話も、実体験として作品の脇筋に使えるから便利なものだ、と脇村はこの事件を肯定する気になっていた。

四人目の、というか、写真の中で一番左端にいるいかにも都会風の甘い風貌をした青年が相場《あいば》雅仁《まさひと》で、彼は当時四人の中で一番「金持ちの息子」であった。父親が証券会社のオーナー社長だったのである。名前が相場で証券会社というのは合い過ぎている。相場証券は「証券相場」の誤植だろう、と言われたという話を、当時脇村は相場から聞いたことがある。しかし彼自身は、別にブルジョワの息子らしく贅沢をしているわけではなく、脇村たちと同じように汗臭いトレーナーを着て短距離にうちこんでいた。唯一違うところは、

父親に幼い時から海に連れ出されヨットを仕込まれていたので、よく週末には湘南の海で父親のヨットに乗っていたことだった。父親はヨットの中に紐の切れ端でも蜜柑の皮の小さな一切れでも落ちていれば、自分で身をかがめて拾うような神経質で厳密な性格なので、息子であれ誰であれ、乗組員《クリュー》は誰でも厳しく仕込まれる、と相場は話していた。

一度脇村もヨットをやらないかと誘われたことがあるが、脇村は断った。将来も大型クルーザーのオーナーになる身分になりそうにはなかったし、脇村はいつのまにか自分は人嫌いだと思い始めていた。

「僕は、海、恐いんだ」

脇村はそう言い訳をして断った。泳げないわけでもなく、船に酔うわけでもない。それでも恐いというのは本能的なもので理屈はない。人生で引き返せない状態というものが恐いのである。

脇村は安藤や相場と異なった道を歩いた。僻んで彼らとやや遠のき加減の生活をしたのではない。自然に生活のテンポが違ったのである。脇村は外国にも興味がなかった。語学が苦手だった、ということもあるが、日本だけでも知り尽くすことのできない奥深さがあると若い時から感じていた。

そうして三人はそれぞれの運命を歩いた。相場は会社の受け付けにいた冴子と結婚した。聞くところによると、冴子は、母子家庭に育って、弟を大学に出すために、自分は大学進

学を諦めて勤めに出た、という噂だった。

社長のジュニアと結婚した冴子に関しては、或る時脇村は偶然別の知人がおかしな言い方をするのを聞いたことがあった。

「あそこの若社長という人にこないだ会いましたがな」

それはちょうど、相場雅仁が父の後を継いで社長になったばかりの頃のことであった。

「あの若社長という人は、ちょっと何ですな」

何ですな、という言い方は陰険な日本語であった。

「どう、何なんです？」

脇村は意地悪な気分になって追及した。

「いやあ、外人さんみたいに、奥さんに優しいというか、臆面もないというか……」

「何に臆面もないんですか？」

脇村はしつこかった。

「先日ちょっと、京都の祇園で相場さんと奥さんと会食をしたんですよ。帰りに料亭の玄関先で、女中が奥さんのオーバー持って待ってるのに、あの社長はわざわざ自分で奥さんにオーバーを着せてはりましたわ」

「外国生活が長かったから、そういう習慣に馴れてるんでしょう。あの人はプリンストンかどこかに留学してたはずだから」

「それにしても、ここは日本、それも京都ですわ。人前でわざとらしく女房に優しくする男は、必ず陰で何か悪いことやっとりますがな」

あはは、と相手は笑った。

「いや、まあ、ああいう人なら、いくらでも相手はおるでしょうしな」

「どこの女です？　祇園？」

脇村は鎌を掛けた。

「いや、私は噂も何も知りません」

相手はしらばっくれた。

その程度の話の筋立てなら、過去にもう何回となく作品の中で使ったと思うのだが、それでも脚本家としての脇村は、それ以来、相場夫妻の関係について興味を持つようになった。

そのうちに脇村は仕事の上で、証券会社の内容を細かく知る必要ができた。相場に電話して、誰か脚本家の無知な質問に一、二時間答えてくれる人を紹介してくれないか、とためらいながら言うと、相場は、

「うちへ来てくれよ。僕が教えるよ」

と言った。

「君じゃだめだ」

「どうして？」

「君はたぶん実務でひどい思いをしたことないだろう」

「あるよ。うちの親父は、息子でも誰でも丁稚小僧同様の修業をさせる趣味があるから、実務はよくよく知ってる」

「しかし本当の気持ちは、社長の時間をそんな初歩的なくだらないことに取るのは恐れ多いということだ」

脇村は言った。

「僕の方が要領よく教えるぜ。他の奴はもともとの原理原則から喋るから、時間喰ってたまらない。その点、僕の方が勘がいいと思うよ」

脇村が相場の家を訪ねたのは藤の花盛りの季節だった。

「くだらない褒め方だけれど、舞台の作り物の藤どころじゃないな」

脇村は玄関脇の見事な花の房をくぐるようにして、香りに包まれて玄関まで辿り着き、ベルを押したのであった。

「藤は水が好きなんだそうだ。結婚したての頃、ほんの小さな若木だったんだけど、ここは傾斜地だから、藤が植わっている場所は、湧き水があるというか、いつもびしゃびしゃ濡れている所なんだ。そこに偶然、女房が藤を植えたら、ひどく気に入ったらしい」

その日、噂に出ていた冴子夫人は家にはいなかった。

「君が奥さんを連れて歩いている、ってこの間褒めていた人がいた」

脇村はそういう言い方をした。

「その男は君に関西の方で会ったって言ってたけど、うちなんか僕が女房を旅行に連れて歩いたことがないから、聞かせられない話だよ」

相場は、脇村にその話をしたのは誰だとも尋ねなかった。

「うちの女房は長いこと、僕の母親の看病をしてくれてね。彼女にしてみれば、およそ僕と結婚して以来、あらゆる嫌がらせをされ続けた姑だったんだけどね」

「姑って、つまり君のお母さんのこと？」

「そうだよ」

「そんなに嫁が嫌いだったわけか？　君を溺愛してたからか？」

脇村は我ながらつまらない理由を思いついたものだ、と思いながら言った。

「言うのも恥ずかしいけど、母は冴子の家がうちと釣り合わない、ということが許せなかったんだ。彼女の母親は雀荘をやって娘と息子を育てて来た。麻雀屋だよ。別れた亭主、というか冴子の父親というのは、離婚した後も、息子や娘の養育費をいくらかでも送って寄越すどころか、むしろ金をせびりに来てたくらいらしくて、冴子もずいぶん苦労して育った。そういう生い立ちを母はうちと違い過ぎると言って認めなかったんだ」

「僕が芝居を書く時にも、よくそういう話の筋立てを使うな。僕自身は家柄なんてものを

滑稽だと思ってるけど、世の中にそういう情熱があることはあるんだから」

「十年間、女房は寝た切りになった母を看病してくれた。憎まれっぱなしでも看病は続けた。その度にあの藤の木の下で泣いてたそうだけど、僕は会社に逃げてたから知らなかった」

「しかし……というのも変だけど、亡くなったんだろう？　お母さんは」

脇村は相場証券の会長夫人が死んだということを新聞で読んだ記憶があった。

「三年前にね。そしたら去年の二月、女房に癌が見つかった。乳癌の四期だった」

「しかし、手術をすれば取れる癌だろう？」

「そう簡単には行かなかったんだ。一年ちょっとで肺に転移してるのが見つかった」

「じゃ、今、入院されているの？」

「先週入院したんだ。それまでできるだけうちにいたいって、頑張ってたんだけど……僕としたら、ずっと苛められて不憫だったしね、もう少し楽をさせてやって、旅行だの何だの楽しい思い出を作ってやりたかった」

「君、息子さんは？」

「アメリカの大学に行って、アメリカの証券会社に入って、アメリカ人の女房をもらった。もう日本人じゃなくなりかかってる。母親のことは気にしていて、見舞に帰る、と度々言って寄こすんだけど、女房は『来なくていいわよ。忙しいんだから』なんだ」

「息子には会いたいだろうに、我慢のいい女性《ひと》なんだな。君が優しいから、君がいりゃいいか」

「しかし、その僕ともあんまりいっしょに暮さなかったんだ。留学も僕一人で行ったんだし、日本でサラリーマン始めても、会社からは毎晩遅くまで帰って来なかったんだから。でも女房は、姑《しゅうとめ》の看病をしなかったら、後で思いが残るから、って決して止《や》めなかったんだ」

「よく、そうまでできるな。僕なら癪に障る奴の面倒なんか決して見ない」

「女房はおかしなことを言ってた。ひどい目に遭ったら、その分だけ尽くすことにしたんだって。『ほとんどマゾだね』と僕は言ったこともある。そしたら『そうね、ごめんなさいね』と女房は笑った。その時も僕は『謝ることたあないさ』と言っただけだったんだね」

その夜、脇村は家に帰ると妻の由美子に相場の妻の病気の話をした。脇村が由美子と結婚したのは、他の二人の級友より少し平凡だったが、さりとて他の二人がそれほどドラマチックだと思っていたわけでもなかった。脇村はデパートのアルバイトをしていた時、由美子と知り合ったのである。由美子は女子大の国文学科の学生だった。

「今はもうはやらなくなった古い言葉だけど、相場の話を聞いてたら、恋女房という言葉を思い出したよ」

由美子は返事をしなかった。ちょうど使わなかった食器を、ガラス戸棚に戻そうとして

いた時だったので、脇村に見えたのは由美子の背中とうなじだけだった。由美子はもともとパーマネントをかけないで生涯を過ごして来たが、今は襟足を見せるように髪を束ねていた。

「あれはほとんど恋女房になりかけてるね。もっともそれは、その女房が病気で死にかけてるからかもしれない」

「そんなに悪い、って相場さんが言ったの？」

「言わないよ。あいつはいいうちのお坊ちゃんだけど、自分の家庭の苦労話とか家族の病気をくだくだ喋るのは粋じゃないみたいに思ってるところがある。都会人だからね」

それに俺は脚本家なんだぞ、と脇村は心の中で言っていた。言葉は呼吸とトーンで意味を察するものであった。

「あいつがかみさんの話をする時に、何度かはっきりした過去形で喋るのが気になったなあ。もう今はありえない思い出話、という感じで喋ってる。人間ってものは語尾に本音が溜まって吹き出すね」

脇村はそこまで細かく由美子には言わなかったが、最近の相場は、まるで贖罪のように妻を労《いたわ》っている節がある。時期を細かく調べたわけではないが、京都の料亭に冴子を連れて行っていたのも、冴子の乳癌が発見されてから後だろう。その後ヨーロッパへも旅行したと言うし、藤棚のある家は全面的に改築した後であった。体力のなくなっている妻のた

めに、浴室からそのまま出られる月見台のような空間に、小さな野天風呂も作った。

その話を聞いた時、脇村は、「そんなふうに至れり尽くせりの暮らしをすればするほど現実は悲しくなるのにな」と心の中で思ったのである。仮に相場が貧乏な外国人労働者だったら、泥棒をして得た金でピザの一枚も買えて病気の女房と分けて食べられたら、それだけでもその日は輝くような幸せに満たされるのだろうが、ぜいたくな旅行が許される身であれば、却って端然と迫って来る死別という現実が胸に迫るであろう。

「あなたは私がいなくなっても、何も困らないでしょう？」

その時、由美子は言った。

「いや、困ると思うよ」

脇村は答えた。

「どんなふうに？」

「そうだな」

脇村は答えを選びながら、芝居を書く人間に戻っていた。

「あるべきものがなくなった空間みたいなものだろうな。古びた箪笥だって、運び出された後は、落ち着かないもんだからね」

「そう？　それくらいで済めばいいわね」

信じていない、という口調だったが、脇村は気にもとめないでいた。古箪笥を運び出す

と、往々にして青い畳の部分がくっきりと残ることがある。それはそれでかなり落ち着き悪いものだが、しばらくすると馴れるのもほんとうであった。

相場の妻の死はそれから三カ月後だった。三カ月といえば長いようだが、たった百日にも満たない日々である。その間、相場はどれほどの献身を妻に捧げたのだろう。相場の妻が入院していたのは、次の間つきの特別室で、相場はずっと夜もそこに泊まり込んでいたという。会社の帰りに必ずバラの花を買い、夜は妻が眠るまで体をさすり、いっしょに好きなモーツァルトを聴き、星が澄んで見える夜は車椅子で妻を病院の屋上に連れ出していたらしい、と安藤が電話で教えてくれた。

そうすればするほど、悲しみが濃くなることを相場は知らないではなかったろうに、と脇村は思ったが、悲しみでさえ薄いよりは濃い方がいいのだ、と心に囁くものはあった。

脇村は安藤から冴子の死の知らせを聞いて、一緒に九段のキリスト教の教会で行われる葬儀に出席することにした。教会の場所がよくわからなかったので、安藤とは市ヶ谷の駅で待ち合わせることにした。

歩けば十分の距離で、雨上がりでもあったので、二人はタクシーに乗るのを止めて話しながらぶらぶら歩いて行くことにした。

考えてみると、安藤とも脇村はもう一年近く会っていなかった。安藤からは長く勤めていた会社をやめる時、長い間人間らしく暮らせないほどひどく忙しい生活をして来たので、

定年後は少し休んで骨休めをしてから身の振り方を考える、と挨拶状に書き添えてあったので、組織の中に身をおいたことのない脇村は、そんなものかと思っていたが、安藤が二度目の勤めに出たという話はまだ聞いていなかった。骨休めにしては少し長すぎる時間でもあるような気がした。

「それで君は今、どこへ行ってるの？」

と脇村は尋ねた。

「どこへも行ってないんだ」

「へぇ」

もう働くのはいやになったのかな、と脇村は素朴に考えた。

「実はいつからというわけでもないんだけど、女房が三、四年前から少し異常にぼけて来た」

安藤は言った。

脇村はうろたえた。うろたえたことを口に出して言うこともできないほど動揺した心を少し立て直して脇村は言った。

「我々皆、そろそろその年かな。僕も或る地名がどうしても一週間も思い出せないことがあった」

「デトロイト」という名前を何とか自力で思い出そうとして一週間かかったのである。

「そういう程度じゃないんだ。初めのうちは、何かのはずみだろうと思ってたけど、客を招《よ》んでおいて、焼きそばとバナナしか用意してなかった時に、初めてこれは放置してはおけない程度におかしいと思ったんだ。結婚してる娘が二人、時々見に来てくれるけど、彼女らには夫も子供たちもいるしね、結局、女房は僕が見る他はない」

脇村が動揺したのは、安藤俊樹の結婚した相手というのが、彼らと同じクラスの庄司伸江だったからである。伸江は決して脇村の初恋の相手でもなく、特に美人というわけではなかったが、すばらしくスタイルのいい娘で、バスケットの選手としてスターだったのである。二人が結婚したと聞いた時、脇村は考えてみると、安藤は女性の趣味がずば抜けてよかったのかな、と思った。スポーツ・ウーマンだから体力もあるし、海外駐在の商社マンの妻としても背が高く押し出しも堂々としているだろう。猛烈社員として独力で出世街道を歩く安藤の妻としては、最適に近い女性のように見える。それを早くから見抜いていた安藤俊樹という男は何と早熟だったのだろう、と脇村は感じたのである。

その伸江が、ぼけというには若すぎる変化を見せたということに脇村は動揺したのである。

「でも数年間は波があって、少しいい時も悪い時もあったもんだから、状態を見極めてから、僕も身の振り方を決めようと思ったんだ。しかし結果として、とても僕が勤めに出た後、一人でやっていけるような状態じゃなくなっている。一人で食事を作ることはもちろ

ん、食べることもできない。僕がずっと面倒を見ないとやっていけないから、もう就職するのは無理だろう、と思う」

「病名ははっきりしたの？」

「アルツハイマーなんだ。別に今日明日死ぬわけじゃないだろうけど、食事はもちろん、トイレも一人でできない状態だから、昼も夜も、誰かがついてなきゃならない」

「じゃ、たとえば今日はどうして出て来たんだ？」

「姪で離婚したのが一人、たまたま熊本の田舎から出て来ている。その子、と言ってももういい年の小母さんだけど、彼女が今日は見ていてくれる、というから。こうして遠出して外の空気を吸うのもひさしぶりなんだ」

　都心に出てくることが決して遠出とは言えないはずであった。

「伸江さんがそうなるとは思わなかったな。あれだけ伸び伸びしてて、健康で、バスケットのおかげで体力もあって……君がくたばっても、彼女だけは大丈夫という感じだったけど」

「実はそうでもなかったんだ。シカゴ時代に彼女は鬱病になった。たて続けに生まれた娘たちを見るのが精神的な重荷だったのかもしれない。日本に帰る、と言って毎日泣いてた。アメリカの生活が全く楽しくない、と言うんだ。アメリカ人の友達は、精神分析医のところに連れて行けと言ったんだけど、彼女は英語がよくできない。鬱病も彼女がアメリカを

拒否した理由かな、と思うけどね」

「それで医者はどうしたの？」

「ようやく知り合いの人が、日本人の精神科の医者を世話してくれた。それでずいぶんそこへ通わせた。その人は別に特にがめつい医者でもなかったんだけど、アメリカの常識でも医者にかかるとずいぶん高いから、僕はアメリカ時代、貯金するどころか、女房のためにうんと金を使った。彼女のお袋さんに、何度か助っ人に来てもらったしね。その旅費もかかった」

「羨ましいような生活だと思ってたけどね。僕なんかろくろく外国なんか出たこともない。狭い穴蔵みたいな部屋で四十年近くもずっと原稿書いて生きて来たんだからな」

「僕は一昨日《おととい》、相場の奥さんが死んだと聞いてから、ずっと考えていた」

「何を？」

「冴子さんという人を亡くして、もちろん相場は今虚無的な奈落の底みたいなとこにいるだろう。手の届く所にいた妻がいなくなった。これは痛いほどよくわかる喪失の形態なんだ。反対に僕には仲江が残されている。肌もまだ人間的なぬくもりを残している。しかしその仲江は決して昔と同じ仲江じゃない。生きているけど、精神の死んだ『形骸』という奴だ。時々ぞっとすることがある。俺は仲江に正気のまま死んでほしかったんじゃないかと思う時がある」

看護が辛くなったからそう思うのか、と非情な言葉が口を衝いて出そうになった。

「しかし相場からみたら、たとえどんな病状でも、伸江みたいになっても、冴子さんに生きていてほしかったろうと思うよ」

脇村は眼の前に出て来たたった一枚の写真から現実に戻った。

安藤といっしょに、相場の妻の葬式に出たのは残暑も過ぎたころだったが、早くも年末が近づいていて、今日は都会ではめったに気づかない木枯しめいた風が梢を鳴らしていた。

脇村は写真を散らかった机の上に放り上げ、それから幸運にもすぐに探していた資料を見つけだした。それは風水の本で、風水で生きる老人と少年が、世間人間共が考える努力や出世の基準とは全く別の次元から、人々に会って行く話である。

風水は古くは堪輿《かんよ》と呼ばれていた。漢書の『堪輿金匱《きんき》』という書物にすでにこの思想が読み取られる。堪は大空、輿は大地のことだった。天空は覆いかぶさり、大地はそれを受ける。言うまでもなく、これは男女結合の姿なのだが、しかし風水では、天空も大地も双方が男女の、つまり両性具有の考え方を帯びているという。

この資料が見つかれば、今日の仕事ができる。

脇村は急に番茶を飲みたくなった。いつも十時頃に起きる脇村は午後一時頃、最初の朝昼兼帯の食事をするのである。しかしその前にコーヒーか、今日のように寒さが背中に忍び寄るように思える日には、大振りの湯飲みで番茶を飲むこともあった。

脇村は階下におりて行った。

「由美子」

と脇村は妻を呼んだが、返事はなかった。この時間、妻はよくスーパーに買い物に行っている。午前中、品物がやっと出揃った時間に行くのが、客も少なくて買いやすいのだ、と妻は言っていた。

恐らく今日も買い物なのだろう。脇村は一人で茶をいれた。お湯はポットにいつでも沸いている。お茶は茎茶が好きであった。

まさに茶色い茶の色を見つめていると、脇村は理由もなく虚しさを感じた。子供がいないのだから、家の中はいつも静かだった。子供はできなかったのではない。一度由美子は妊娠したのだが、まだその頃はほとんど原稿が売れなかった脇村は、子供などとうてい養えないと言って中絶させたのだった。

あの時以来、一人がこの家から欠けた、とこのごろ時々思うことがある。この静かさは、脇村が仕事をする上で必要だとしたものだが、最近では時間が凍りついて止まっていると思う時もあった。

脇村が茶を飲み終わっても、由美子はまだ帰らなかった。スーパーは駅前で、歩いて十分ほどの所である。二人きりの所帯なのだから、それほどたくさんの食料を買って帰らねばならないわけでもなかった。

脇村は体中から湧いて来るような不満を覚えて家の中を歩き廻った。空腹を覚えたわけでもないのに、体の内側が虚しくなっていた。

ダイニング・キッチンのテーブルはいつも半分ほどは物置になってしまっている。由美子がだらしないというより、脇村がそうさせたのである。食べかけの和菓子の箱や、演劇関係のパンフレットなどはそこにおくようになっている。「しまわないで出しておけよ。その方が便利だから」と脇村が言ったのである。そこに脇村は奇妙な封筒を見つけた。見なれた由美子の字で「脇村正午様」と書いてある。何も名字まで書かなくてもいいのに、そして「様」は「さま」でいいのに、と脇村は奇妙な反応を示した。

由美子が連絡のためにメモを書いていたことは今までにもある。しかし封書は初めてであった。

「何と言っていいかわからないのですが、私も残り時間が短くなりましたので、好きな生活をしてみます。尾崎さんと暮らしてみようと思います。あなたは尾崎さんなんか、と言うでしょうが、私には楽しい人です。説明するのもむずかしいので、黙って行きます。お金は私名義のものしか持って出ません」

ふざけるな、と脇村は思った。芝居がかっている。こんなことで怒る俺ではない……。

脇村は誰もいない家の中で、たった一人で平静を装って、ダイニングテーブルの自分の席に坐った。

尾崎？　ここ一年ほど出入りするようになったクリーニング屋か？　前のクリーニング屋は有名なチェーン店なのに、まともに洗濯ものの汚れを落としても来ないので、郵便箱に入れてあったちらしの広告で新店と取引をするようになった。それ以来出入りをするようになった男である。脇村は近視なこともあって、クリーニング屋が戸口に立っていてもろくろく顔を見たこともなかった。なぜか脇村はいつも人の姿を腰から下だけで見る癖があった。まともに相手の眼を見るのに抵抗があるのである。だから由美子の相手の男も、脇村はじっと眺めたこともないのであった。年の頃は三十代だろうとは思うが、もう四十に近い三十代という印象である。あの男と出て行った？

脇村は誰も坐っていない由美子の坐るべき席を大きな虚空のように感じた。

趣味の悪いことだ、と脇村は思った。こんな趣味の悪い話、誰にも聞かせられたもんじゃない。相手が洗濯屋だから、趣味が悪いなどというのではない。俺は人を職業によって差別するというほど野暮な人間じゃない。

趣味が悪いというのは、由美子が何もわからずにそのような大それたことをやってのけたということだ。昨日今日、とは言わないが、それに近いほど、ついこの間まで、全く知らなかった相手と、未だによく相手を知り尽くしたわけでもないだろうに、長い半生の歴史を振り捨ててその男と出て行くというのだ。そういう軽率さを、自分は趣味が悪い、と言っているのだ。

由美子が出て行ったからと言って、何一つとして生活が変わるわけではない、と脇村は考えることにした。

ここは静かな家であった。猫一匹、金魚数匹、飼っているわけではない。由美子には花をいけたり、風鈴やモビールを釣り下げておく趣味もなかった。花はいければ捨てるのに手がかかる。そんなことを世間の女たちはどうしてするのだろう、と思うたちなのである。風鈴も音がするから脇村が嫌がると思い込み、モビールは一度買って来て、脇村がその下を通る時、頭をぶつけた。それ以来諦めたのだろうか、通り道にいささかでもじゃまになるものは置かない。

静かな家は、動きのない家庭でもあった。そうだ、静を取れば、動が逃げるのだな、と脇村はこんな時に発見したのであった。動いているのが見えたのは由美子だけである。今その一人きりの動く存在もなくなると、家の空気は静寂を好んだ脇村の理想の空間に近づいた、という感じとはほど遠く、芝居の舞台面のようであった。実はこんなに大きな変化がこの家にあったというのに、遅い朝は風の音が鳴っているだけで、いつもと全く変わりがなかった。

誰かに相談に行ったら、と脇村は凡庸なことを考えた。一人だけ、由美子の従姉という人がよく遊びに来る。銀行員だった人の妻であった。その人に相談しに行ってみるか、と脇村は考えた。すると脚本家である脇村には、彼女の台詞が聞こえて来るような気もする

のであった。

〈あなた、そのクリーニング屋ってどこにあるか知ってるの？〉

〈さあ、知らないけど、台所にある通帳でも探せば、わかると思います〉

〈そこへ行けば、あなたの家の係の男の人の名前や住所は簡単にわかるでしょう。それを辿って行けば由美ちゃんに会えるわよ。会って話を聞いてみないことには、わからないじゃないの〉

〈……〉

無言のうちに、脇村はなんでそんなことをしなければならないのかわからなくなりかけていた。夫ならばそうするのが常識だ、と世間は言うかもしれない。しかし強盗に入られた家の家族や、テロリストに襲われて殺されかけた人の遺族が、わざわざ犯罪者を訪ねて行って、あなたにはどんな不満があってそういうことをしたのですか、と聞いてやることはしないだろう。

考えてみれば脇村はたった一度だけ、妻とその男のおかしな行動を見たことがあった。予定を変えて早く家に帰って来た時、脇村は玄関のドアの内側で、人の気配を感じたのである。人がいるのだから、ドアは開いているはずだ。我が家だから脇村はノックもせずにぱっとドアを開けた。するとそこに、今にして思えば確かに尾崎だと思われる男がいて由美子と不思議な位置で体を触れていた。

その姿を脇村は明確に思いだすことはできない。妻は普通の調子で脇村に「お帰りなさい」と言い「いいかしら。しみの出たとこわかった？」などと男に聞いていた。洗濯物を取り落としてそれを妻が拾い上げるのを、クリーニング屋の男が押し留めたりしていれば、肘か何かが触れ合ったそういう姿になりそうにも思えた。

そんなことがどうしたというのだ。妻が脇村といるよりいっしょに暮らして楽しいという相手が、尾崎でも大崎でも小崎でも、誰でも大した違いはあるまいということだ。

問題は、由美子が五十五歳にもなって、まだ尾崎という行きずりに近い男となら、夢が叶って楽しい暮らしができる、と考えた、幼さである。脇村はその甘さがたまらなく哀しく腹立たしかった。確かにたまに会うくらいなら、尾崎という男は、一ぱいの飯にも、二人で見る野球の中継にも、脇村とは違う優しさやおもしろさを見せたかもしれない。しかしそんなことは長くは続かないだろう。相手は金があるわけではなし、由美子の持っている金をむしろ当てにしているかもしれない。そして生活が半年になり、一年になれば、どの男女の仲にも、退屈な凡庸さが忍び込む。自分の身の楽な暮らしの方が大切だ、と思うようになる。どうしてこんな年上の女に惹かれたのかわからない、と思うようにもなるだろう。男は厳密には由美子の息子とは言えないまでも、それに近い年なのだ。

脇村は今日、こうして待っていても朝昼兼帯の食事が出て来ないことを悟った。だからどうするのかわからなかった。コンビニにでもスーパーにでも行けば、よりどりみどりの

弁当も売っている。だから少しも困りはしない。現に空腹でもない。そんなこともあって、自分は由美子に帰って来いとも言わなければ、相手の男がどういうつもりなのか、詮索する気分にもならないだろう。しかししばらくして由美子が男との生活に幻滅して帰って来たいと言っても、脇村はそれを許すことはなさそうに思えた。

子供じゃないんだ。それだけのことをやってのけた意味がどれだけ重いものだか、わからないのは愚かというものだ。恥を知れ、と脇村は感じた。

脇村は立って行って、今し方見つけた高校時代の四人の写真を持って再びダイニングテーブルの椅子に戻った。

四つの人生はそれなりに残酷であった。

若死にするのと、惚れ続けた妻と引き裂かれるように死別するのと、しっかりした妻が生きながら廃人になるのを見守るのと、そしてあっさりと自分を裏切った妻が遠い木枯らしのどこかで別の人生を生きているのを感じるのと、どれが一番悲惨だろう、と脇村は思った。しかし何よりも堪《こた》えたのは、そんなふうにして惨めさを比べている今の自分であった。

# 四つ割子

作家として暮らした長い年月の間に、私はたくさんの未知の読者からの手紙を受け取った。そのような形で、或る人の人生の片鱗を見せてもらえるなどということは、そんなに始終あり得ることではない。私はそれを一種の光栄だと感じ、居ずまいを正すような思いで読むことにしていた。

多くの手紙は悲しみに溢れたものだった。もちろん喜びに満ちたものもあったが、悲しみを受け止める時、人はもっともみごとに人間になる。私はごく自然に、悲しみこそ人間の存在の証だと思うようになった。それらの手紙に書かれたできごとは、珍しいことかもしれないが、決して異常なものではなく、むしろ普遍的な健やかな人生の断面において輝いていると思うようにもなったからだった。

政治家の資産公開の中身は、不動産や預貯金やゴルフの会員権だが、私の「資産」はこうした読者たちとの密かな心の繋がりにあったと思う。別の言い方をすれば、私は手紙を通してだけ知り合ったすべての人に惹かれ、敬意を払ったのである。

それらの手紙の中から、私はこれからしばらくの間、記憶に残るものを取り出して、記録したいと思う。そうでなければ、私だけが受けた光栄を闇に葬ってしまうことになり、それはあまりにもったいないと思うからだ。もちろん秘密を保つために、すべての固有名詞は書き換えてある。

「初めてお便りいたします。

私はあなたのファンです、と書くつもりでしたが、やめにしました。万が一どこかであなたにお会いした時、私がそれほどあなたの本など読んでいないことがすぐバレると思ったからです。もちろん、あなたが雑誌や新聞に書いたものは時々読んでいます。あなたはおもしろい性格の人ですね。

私は今変な状況にいます。病気ではないのですが、時々体がフワフワになります。お医者には行っていません。行ったところで、何でもない、と言われるに決まっているからですし、それに一時に比べたら、うんとよくなりました、という報告をしたくもあるからです。あなたに手紙を書こうと思ったのは、私の不純な気持ちからです。書いているうちに、自分の気持ちに整理をつけられるかもしれないから、その相手にあなたを使わせて貰おうと思ったのです。どうせ、書き終わるまでに数日かもっとかかるでしょうし、私は今まで正直なところ、自分の気持ちを見極めようとしたことさえないのです。

でも、あなたに手紙を書こうとすれば、否応《いやおう》なく、自分の心を見詰めることになるでしょう。そうでなければあなたに説明することができませんから。

私の家は一カ月近く前に、立て続けに二つの葬式を出しました。兄と母のです。いいえ厳密に言うと、二つの葬式は同時に行われたので、世間では葬式は一つだったという気がしていると思います。そして母と兄とを同時に失ったにしては、私という娘は鈍感で、へらへらしていて、なんだかしみ通らない子だね、と周囲では言われていると思います。実は私はもう「子」ではありません。二十三歳のＯＬです。

千葉の実家から、兄が手遅れの大腸癌だと知らされたのは、十カ月ほど前、去年の初夏のことです。兄は警察官でした。武道も達者ですし、体もがっしりしていて、兄の体力については、家族皆が心配したこともなかったのです。

その頃、兄は幸福の絶頂にありました。と言うか、世間にはそう見えていた、と思います。

お嫁さんになる人が決まったからです。その人は里美さんと言い、兄が働く警察署の近くの銀行に勤めていた人でした。

私の家は両親と兄と私の四人家族です。父は市役所に勤めています。父は習字をするのと印判を彫るのが趣味でした。そのような趣味は自然黙ってすることなので、家ではいるかいないかもよくわからない存在です。そして私がこのむっつり屋の父とよく似ていると

言われていました。私は笑わないのではないのですが、母や兄ほど喋りません。母と兄が家では目立つ華やかな存在で、父と私は家族の中で似た者同士でかたまっていたのです。

　私は大学を出ると、東京の内装をやる会社に勤めることにしました。東京には憧れていました。千葉の人には言えませんが、選挙など見ているとダサイところがあるのです。土地はとてもいいところなのですが。東京の人には他人の生活を侵さないというしゃれた親切があるように思ったのです。下宿は六畳一間の民間アパートを借りたのですが、そこは昔は農道だったところで、狭くて軽自動車しか入れない道のどんづまりなので、家賃が少し安かったのです。しかしこの道がなかなかよかったのです。冬はサザンカが少し埃に塗《まみ》れてはいますが咲きますし、チンチョウゲも梅も金木犀も、とにかくいい香りのする花がどこかで咲いているのです。でもバラなんて咲いているのは見たことがありません。どんな人が住んでいたのでしょう。この下宿は会社の人が紹介してくれました。

　兄は母のご自慢の息子でした。背も高く、スポーツ全般に達者で、私は近眼ですが、兄は視力もいいのです。もっともここ六年ほど、私はあまり兄に会っていませんでした。兄も警察の寮に入っていましたし、私も大学が八王子でしたので、千葉から見ると東京の反対側で主に暮らしていたからです。

　それで兄の婚約の経緯も実はよく知りません。母は兄の婚約が決まった頃から取り乱しました。兄に女性ができることが許せなかったようです。初めに口にした理由は、里美さ

んという人が痩せ過ぎていて、ああいう貧弱な体質では今にきっと病気をするだろう、と、兄たちの不幸を願うようなことまで言いました。母がこういう態度だったので、兄は婚約者をあまりうちには連れて来なかったようです。当然のことですが、母がどう言おうと、兄は里美さんと結婚するつもりだったのでしょう。もう今では親が反対しても、娘や息子の結婚を妨げることは誰にもできない、という時代です。そのことをどうして母はわからないのでしょう。

私は里美さんに一回だけしか会っていません。会社も忙しかったですし、なかなか兄の休みの日に会うということもできませんでした。しかし偶然秋の連休に帰った時、私は兄の運転する車で、里美さんもいっしょに三浦半島へドライヴすることになりました。

母からいつも悪口ばかり聞かされていた反動か、私は里美さんをそんなに悪い人だとは思えませんでした。初めは少し冷たい人に見えたのです。口をきっと結んであまり笑いませんし、母から悪意を持たれていることを知っていたから、それを冷静に心の中で処理しようとしているようにさえ感じられました。ただ里美さんは、兄に笑いかける時は全く別の顔を見せました。里美さんは右の口許に黒子《ほくろ》があるのですが、それが兄に笑いかける時だけはかわいく歪《ゆが》みました。全く別の顔を見せるので、私は里美さんは兄が好きなんだなあ、と納得したのです。

その日、今でもちょっと不思議なことがありました。里美さんが海を前にして「怖いよ

う」と言ったのです。その日はそれほど海が荒れているということもなかったので、私はびっくりして「里美さん、泳げないの？」と聞いたのです。すると里美さんは「ううん、私は県大会に背泳の選手で出たことがあるのよ」と言ったので、私は何か途方もない誤解をしていたような気がして「ごめんなさい」と謝ったのですが、兄は「何が怖いのさ」と怖い顔をしました。すると里美さんはすっかり困ってしまって、ろくろく返事をしなかったのですが、里美さんはその日幸福であることが怖かったのだろうと思います。

何が続かない、と言って、幸福とか、順調とかいうものほど続かないことはありません。日本のバブルの時代がそうでした。私はまだ子供で、日本が世界的に繁栄していたそうですが、その時代のことは実はよく覚えていません。しかし私の叔父さんの一人は証券会社に勤めていて、叔母さんとの間には子供もありませんでした。一度のボーナスに数百万円ももらっていたそうです。叔父さんも優しくて気前のいい人でしたし、叔母さんも私たち兄妹を猫かわいがりと言うほどかわいがってくれていたので、叔母さんは当時会う度に私に洋服を何枚も買ってくれました。母が「この子は、もう余所《よそ》行きは持ってるから」と言っても、なお「女の子が若くて洋服を楽しめる時なんて、人生で一回しかないじゃないの」と言って、簞笥に吊るす余裕もないのに更に買ってくれたものです。お年玉は必ず十万円でした。しかし今では、お年玉は一万円です。私が月給をもらってるんだから、もう要らないと言ってもそれだけは今でもくれています。

今ある生活はずっと続いて行くものと、私は信じていました。その中でも一番信じていたのは、警察官の兄が「健やか」であることでした。心身共に……。

実は里美さんと兄が結婚するということになる以前に、私は兄の生活に、時々、説明できない不思議さを感じたことはあるのです。或る日私は学校から早引けして帰って来ました。私は体は丈夫な方なのですが、喉だけは始終悪くするのです。授業を受けているうちに寒気がして、私は眼の前が真っ白になってきました。私が思わず机につっ伏したので、先生も私がおかしいとわかったのでしょう。静養室で熱を計って三十八度少しあったので、私は家に帰ることにしました。途中で近所のお医者に寄って喉に薬を塗ってもらいました。そして、母が千葉市の知人の所へ朝から出掛けたことを知っていたので、一人で二階の自分の部屋に布団を敷いて寝ていました。

私は熱のためにすぐ眠ってしまったのです。ですから私はそれこそ、物音一つ立てずにいたことになります。

眼が覚めた時、私は階下のリビングの方で話し声がするのを耳にしました。一人の男の声は兄の声で、それは笑っていました。前にも言いましたが、兄は警察の宿舎にいたので、普段いっしょに生活はしていませんでしたが、もちろんうちの鍵は持っていますし、階下に小さな部屋も残してあるので、時々思いついたように予告なしに帰ってくることはあったのです。兄は今日は非番なのかな、と私は思いました。しかしもう一人の男の声には、

私は思い当たるふしがありませんでした。兄が職場や学校時代の友人を家に連れて来ることはあまりなかったのです。

やがてリビングから音楽が聞こえ出した時、私は起き上がりました。熱は少し下がっているようで、その代わり喉が渇いていて、水を飲みたかったのです。私は服を着替えてまず洗面所で水を飲み、それから兄たちのいる部屋の戸を開けました。その時、兄とその客は二人で、ソファに並んで座っていたのです。男が二人ソファに座っていけないことはありませんが、私は理由もなく変な気がしたのです。男二人なら、別々の椅子に座るものではないでしょうか。

その上、私は幻のように、兄の手が相手の腿の上に置かれているのを見たのです。もちろんぎょっとしたらしい兄は素早くその手を引っ込めたので、私は一瞬の残像現象のような光景にたじろぎ、もしかするとその光景は目の錯覚だったのではなかったか、とさえ思いかけました。

私が当惑してお辞儀をすると、兄は「妹です」と紹介し、そのままの姿勢で「茜会《あかねかい》の立野君」と私に言いました。茜会というのは、兄が所属している習字の会でした。兄は父の影響で、習字は精神の修養にいいと思ったらしくそういう所へも通っていたのです。もちろんメンバーは年上の女性たちがほとんどでしたでしょうが、兄より小柄で少年のように見える立野さんという人がいても別に不思議はなかったのです。

その時私が異様に思ったのは、兄が私に「どうしてこんな時間に家にいるの？」と聞かなかったことです。寝巻姿なのですし、そう質問する方が自然だと思うのですが、それを聞いたら家にいないと思っていた私が、突然ドアを開けたことを、気にしていると思われるのが嫌だったのでしょう。

私はついぞこのことを、母にも言わずじまいでした。他の人に、その理由を説明しようとしてもうまく行くかどうかわかりません。母は、兄の絶対の信奉者で、兄が不正をしたり後暗《うしろぐら》いことがあったりすることを全く認めていないのです。昔から私が兄の悪口を言うと怒って「お兄ちゃんがそんなことをするわけはないじゃないの。あんたは嘘つきだねえ」ということになるのです。

兄が立野さんという人と、不思議な姿勢で寄り添っていたなどということを、どうして母に言えるでしょう。私の中でも半分、あれは眼の錯覚か、それとも立野さんという人は習字もするけれど一方でスポーツマンで、足（腿）が痛いと言ったのを兄が聞いて、揉んでやっていただけなのかもしれない、という思いにもなりました。それを「お兄ちゃんと立野さんは変だ」などと言おうものなら、母は私を怒り、私の方こそおかしな妄想に取りつかれている、と責めることがわかっていたので、恐ろしくて言えなかったのです。

しかし若いというか、子供だということはすばらしいもので（私ももうそう言ってもおかしくない年になりました）、当時の私は決して兄の隠された一面にずっと心を傷めてい

たわけでもないのです。兄は家庭ではやや静かで、外では警察のポスターのモデルになってもおかしくないような人で、柔道大会で優勝したり、何かのことで表彰されたり、けっこういい警察官だと思われていたのです。その上、里美さんと結婚を前提に交際しているらしい、と知って、私は「ああ、あのことを母に言わなくてよかった」とほっとしたものです。

私はその後の兄の心の内面については、その経過を全く知りません。兄は両方の性にひきずられた人なのか、少しその手の本を読みかけたこともあるのですが、あまり知りたくもないことを無理に知る必要もないように思われて止《や》めてしまいました。里美さんは多分兄のそうした一面は全く知らずに済んだと思います。知らないことはすばらしいことですね。あなたもそのお一人ですが、よく人に本を読め、もっとたくさん知りなさいとおっしゃいますが、知ってよかったことばかりではないのです。

そこに大きな悲劇が来ました。悲劇と言ってもいいと思います。まだ二十七歳の兄が大腸癌だと言われて、しかももう半年も生きないだろう、と言われたというのです。

それを電話で知らせて来た時の母は半狂乱でした。私も受話器を持つ指が冷たくなるような思いがし、「お医者の見立て違いじゃないの？」と呟くより仕方がありませんでした。

翌朝目覚めた時、まず、昨日は変な夢を見たものだと思いました。そういう感覚は五秒間

だけだったのか、一分間は続いていたのか、私には分かりません。はっきり目覚めてそれが現実だと確認した時、私は空が重いように感じたものです。それまでいつでも、たとえ雨が降っても、私は空は軽くふわりと地上を覆っている、と感じていました。しかしその日からはそうではなくなりました。

実際には、兄が亡くなるまで、半年ではなく八カ月の時間がありました。その間に、私は三度しか兄を見舞っていないのです。人間は卑怯ですから、とにかく目先の辛さを避けようとして、私は兄に会いたくなかったのです。その三度の面会の時も、兄は決して自分が死に至る病にかかっているとは認めていませんでした。私も嘘をつき通しました。

病気がわかって手術を受けたのが秋。腹膜にも転移があって手術は一時凌ぎだと言われたのですが、正月休みまではとにかく体力をつけて、と言い、正月が過ぎると、冬の寒さは術後の体には応えるからとにかく温かくなるまでは病院にいて、と家族全員がまるで歳時記みたいなことを言い続けました。

兄は確かに一時は家に帰って、二、三週間職場にも復帰したのです。職場の皆さんが、知りつつ受入れてくれたからです。二度目に帰った時、母は私に、

「兄ちゃんが死んだら、母さんは生きていられないと思う」

と言いました。私はどぎまぎして、

「生きてられないったって、人間生きてるもんだから、どうしようもないじゃないの」

と言ったのです。無様《ぶざま》な反応でしたが、私はこんな時、どんな挨拶をしたらいいのかわからなかったのです。私だって兄がいなくなる生活など、想像もできませんでした。兄が病気になったことに関して、母は私に里美さんのせいだ、とさえ言ったことがあります。「どうして？」と私が聞くと、母は占い師の人のところに行って里美さんと兄の相性を聞いたところ、この女性は夫を殺す相だと言われたというのです。しかし母は、その卦《け》がそんなに早く現実のものになろうとは思わなかった、と言いました。

その母の剣幕に恐れをなして、私はそれ以上何も言えなかったのですが、そうした会話の間にも、私は幻のようにあの立野さんという人と兄の、肌を寄せ合った姿を思い出していました。兄は苦しかったのでしょう。ほんとうは立野さんという人といたいのに、里美さんと結婚しなければならなかった。何もかも浮世の体裁を整えるためです。しかしそうした嘘をついた罰のように、兄は死ななければならなくなった、と思ったのではないでしょうか。さぞかし生きていたかったでしょうに。兄はまだ二十七歳だったのですから。

徹底して私は兄や、一家の直面していた現実を避けていました。現実と対決するのが辛かったからです。一度、偶然なのですが、母の留守の時に、私は電話で父と話したことがあります。

「お母さんは元気？」

父が気の毒で、私は平静を装っていました。

「元気かどうかわからん」

と父は言いました。

「どうして？」

「ここのところずっと会ったことがないから。毎日病院に詰めてるからね」

「じゃ、お父さん、ご飯はどうして食べてるの？」

「自分で何か作ったり、コンビニで買ったりしているよ。お母さんも大変なんだ」

父は母を庇っていました。

「兄ちゃんの世話は、里美さんに少し代わって貰えばいいのよ。兄ちゃんだってその方が嬉しいに決まってるんだから」

しかし多分、母は里美さんを寄せつけないためにも、ずっと病院にいたのです。もしかすると兄はその頃、もう死んだ方がいいと思ったかもしれません。そんな人間関係というのは、地獄ですものね。立野という人が見舞いに来た気配はありませんでした。立野さんは浮気者だったのかもしれません。兄が立野さんに貢ぐほどのお金を持っていたとは思えませんが、立野さんは金も目当てだったのかもしれませんね。とすれば別の実入りのいい人を見つけて行ってしまったのかもしれません。

兄の亡くなった知らせが来た日は雨で、紫陽花《あじさい》が車通りの多い都会の道路の道端にさえ瑞々しく咲いている日でした。私が家に戻った時、兄の遺体ももう帰っていました。

思ったより母が落ちついていたので、私はほっとしました。母は痩せ、粉が吹いたような顔色をしていましたが、泣いてはいませんでした。父に、「お母さん、何とか切り抜けそうでよかったよ」と私が言うと、父は、

「そうか？」

と一言言いました。語尾が上がったので、私は父が私の言葉を信じていないことを感じました。

「母さんの顔をひさしぶりに見たが……」

父はそう言って、言葉を切りました。

「そう」

私は父の語ろうとしている真意を察することができず、あいまいに答えました。

「ひさしぶりに奥さんの顔を見たら、どんな気がした？」

私は続けて父に尋ねました。父にとっては息子が死んだのです。私は兄を失ったのです。私たちはどちらも家族を失ったのに、不謹慎に微笑していました。

「何だか狐つきのようになっていた」

父はぼそりと言いました。

その意味は今でもよくわかりません。父にもう母の気持ちがわからなくなっていたということだけはわかりました。

母が何もしないでぼんやりと座っているだけなので、父と私が兄の勤め先の上司と相談して、葬儀の段取りをしました。警察という所は、意外と形式の好きな人が多いと思いました。祭壇でも仕出し弁当でも、結構高いものを勧めるのです。父は「はい、それにしてください」と言うばかりです。父も実は、判断力を失っていたのだろうと思います。何もかも芝居がかっていて、感情が上滑りしていました。兄の遺体が朝帰って来た日の午過ぎ、母は初めて、「少し寝るよ」と言いました。誰が見ても疲れ切っていたのですから、私はむしろほっとして、「その方がいいよ。明日のお通夜があるからね」と言ったのです。

その時、私は初めて、父と母はもうずっと以前から別々に寝ていることを知りました。それは不思議でもありませんでした。兄が痛みを訴えたり、吐き気が治まらなかったりすると、母はずっと兄の背中や足をもみ続けて夜中まで病院にいて、それから自分でスクーターを運転して家に帰って来ることもあったらしいのです。そんな時に父を起こすのも悪いというので、母は裏の風呂場の脇にある長四畳の、通常私たちが「納戸」と呼んでいる部屋に寝ていました。古い箪笥だの、中に何が入っているのかわからない洋服箱などが積み重ねられている間に、わずかな空間があって、そこにやっと布団が敷けたのです。

今日からはもうそんなとこに寝る必要はないのよ、と私は言おうとして、思い留まりました。家の中は、兄の知人たちも交互に来てくれたり、父方の親戚が和歌山から上京して来たりして、結構騒がしかったのです。母が眠りたいとすると落ちついて比較的物音も少

なく隠れて横になれるのは、そこしかなかったのです。和歌山の大伯母は年で耳が遠くなったせいか、大声で喋るので、私ははらはらし、できるだけ納戸に近づけないようにしたのを覚えています。

母が納戸に寝に行ったのが、午少し過ぎ、夕方になっても起きて来ませんでしたが、私はそのままにしておいたのです。誰も夕食を作る人はいないので、私たちは誰かが買って来てくれた稲荷鮨と海苔巻きを少し食べて（そうそうサンドイッチもありました）、私は母を起こすより、ご飯を一度抜いても眠った方が回復になると信じていました。しかし七時頃になっても、母が起きて来ないので、私は心配になりました。普通なら私が自分で起こしに行けばいいところです。しかし私はその時、たまたま家にいてくれた兄の友達に、「お母さん、納戸にいるから、起こして来て」と頼んだのです。その人はうちにも遊びに来たことのある人で、夜になって仕事が終わってから手伝いに来てくれていたのです。

その人が納戸に入って行ってすぐ、たまたまやはり弔問に来ていた警察の上司を呼びに行くのが私には見えました。父のところには行かなかったのです。何だろう、と私は思いました。それと同時に、私の心の奥底で、やっぱり、という声が聞こえました。信じていただけますか。どちらも本当だったのです。

それから何をしたでしょうか。父がまず母のところに連れて行かれ、「母さんを起こさねばなりませんな」と言うのも聞こえました。父も普通ではなかったのです。警察の人が

起こしても起きなかったから、父が呼ばれたのでしょうに。

母は簞笥の引き手に着物を着る時の腰ひもを掛けて縊死していました。遺書も何もありません。母を起こしに行ってくれた兄の友人は、母が何度か、息子が死んだら生きていられない、と言ったのを聞いているのです。でもまさかと思ったでしょう。愛する者を失おうとしている人たちは、誰もがほとんど生きていられない、と思うのですが、そう思った人がほとんど生きているのです。しかも兄の遺体と共に家に帰って来た前後、母はかなり落ちついて客たちに対応していたのですから、誰しも母がほんとうに死ぬとは、思ってもいなかったのです。

でも警察の人がいてくれてほんとうに助かりました。そうでなくて私たち家族のことを誰も知らなかったら、父も私も疑われ、母は解剖に回されていたかもしれません。

私たちは葬式を二日遅らせました。その方が何かと便利でしたし、母もそれほど愛した息子といっしょに旅立ち葬られる方を喜ぶだろう、と誰しもが思うことにしたのです。

こう書いてしまえば、それで全てが片づいたように見えるのですが、お葬式の前後、私は全く泣かなかったのです。うろたえもしませんでした。兄は可哀相でしたが、一面で不思議な人でした。母はもっとです。

母は父のことも私のことも眼中になかったのです。母に捨てられたので、私の心は凍りついていました。しばらくの間、私はよく震えが来ました。寒くもないのに、体が震える

のです。昔読んだ何かの小説に「怒りで体が震えた」と書いてありました。その時、私は、怒りで体が震えることなどあるものか、小説家というのは適当に嘘を書くものだなあ、と思ったりしていたのですが、この震えはもしかすると、怒りなのかも知れない、とその時初めて思ったのです。そうすると、今度は改めて自分の心が醜く思えて、私はまた震えていたのです。

私は父を残して職場に帰りました。父がどんな運命にも自殺したりせず、ただうちひしがれて猫背が目立つようになって生きている姿を見て、私はもっと父が好きになりました。父ももう今年は定年なのです。

仕事に戻って一週間目のことです。社長が私のことを気にかけてくれたからでしょう。私は広島に出張を命じられました。

気分を変えて来い、ということだったと思います。今まであまりこうした機会はありませんでした。私は新幹線で富士山の見える側に席を取り、ずっと景色を眺めながら行きました。そうです。私は、ああこれで日本を眺めた、などとも思っていたのです。私の震えはほとんど止って、体がふわふわする感じに変っていました。

広島に着いて翌日の昼、午前中に訪ねた仕事先の人が、やはり身内に葬式があって急にでかけたので、午後まで待ってくれ、と言われ、私は時間を潰すためにゆっくりと食事をすることにしたのです。でもあまり遠くまで行く時間はなかったので、私は同じビルの雑

然とした地下の食堂街に下りて行きました。そしてそこで「出雲そば」と書いてある店を見ると、まだ十二時には十分ほど早かったのですが、お昼を食べることにしたのです。職場に出雲出身の人がいて、東京へ出て来た唯一の不幸は、あのおいしいお蕎麦を食べられなくなったことだ、と言っていたことも思い出したのです。

私はかなり思い切り悪く迷ったあげく、おろし蕎麦を頼みました。長く白髪《しらが》に切った葱やかいわれを豪快に散らして、しかもきりっと冷やしてあり、なかなか生きのいいお蕎麦です。お値段は六百五十円、東京と比べるとお蕎麦のボリュームもありますから私は満足したのです。

しばらくすると十二時になって人がたてこんで来ました。私の前の席に一人の男が座りました。彼はこの辺の人らしくいかにも慣れた口調で、「四つ割子《わりご》」とオーダーしました。実は私は、割子というのはどんなものか、知らなかったのです。私は普段はもっと油っこいものが好きで、お蕎麦屋などにはついぞ行かず、いつもサンドイッチとかハンバーガーとかを買って食べていたのです。

その人の前には、ほどなく小さな丸い器に入った四種類のお蕎麦がお盆にきちんと収まって運ばれて来ました。私は何度かに分けて、目立たないように眼を上げ、その四種類のお蕎麦を確かめました。おろし、生卵、とろろ、小さな精進揚げを三つ入れたてんぷら蕎麦、です。ああこれにすればよかった、と私は思いました。私はとろろにしようか、てん

ぷら蕎麦にしようか、実はかなり迷っていたのです。

でも今さら食べなおすほどお腹に余裕はありませんでした。私は今度どこかの出雲そばに入った時には、必ず「四つ割子」を食べようと決心したのです。

お笑いにならないでください。兄と母が死んでまだ四十九日も経たないうちに、私はもう健全過ぎる食欲にかまけて、お蕎麦のことばかり考えていたのです。

私は母を許していませんでした。でも「四つ割子」は私の家族だったような気がして私はちょっと涙ぐみました。私は風邪を引いているようなふりをして鼻をかんで涙をごまかしました。今私の家庭は壊れてしまったけれど、私は一度は「四つ割子」の味を知っていたのです。それで充分でしょう。私は今度またどこかで出雲そばを見つけたら必ず「四つ割子」を注文します。

あなたも出雲そばがお好きですか。お蕎麦屋にお入りになったら、もしかすると私のような娘がこの店のどこかにいるかもしれないと、ちょっと考えていただけたら嬉しいです」

# 二月三十日

岡の上の大聖堂《カテドラル》へ私たちが連れて行かれたのは、そこで祈りを捧げるためではなく、むしろ観光が目的だったと言っていい。土地出身の小柄で黒光りをした肌のジョージ神父は、聖堂に嵌められたステンド・グラスがその大きさと芸術性の故に誰にとっても必見のものだ、と信じているらしかったし、リバティー・ヒルの町の全景もまた一見に値するものと思っていたのである。客観的に言えば、リバティー・ヒルはごくありふれた観光客に何をもって知られているかと言えば、かつて西アフリカで有数の奴隷の積み出し港だった、ということと、今では内陸部で取れるダイヤモンドの原石の集積地である、ということだけである。しかし観光客はこの国で別にダイヤの指輪を土産に買って帰るという訳でもなかった。

ジョージ神父は善良で秀才の神父だったが、その善良さの故にたびたび私を困らせた。私は風景の真っ只中に入って行くことは大好きだったが、為政者のように高みから町の様子を眺めるという趣味はなかったし、それに大聖堂はジョージ神父が大司教の手伝いをし

て募金実行委員長として金集めに奔走した手柄を示すものではあったろうが、その芸術性となると、全く問題外だった。ステンド・グラスは正統的な手法で作られた芸術品ではなく、安っぽい色ガラスでシャガールをまねた品のない作品だったので、私は気が滅入ってきた。

それでも私たちアフリカ調査団のグループは皆一応紳士的だったので、色ガラスの巨大な聖画にもカメラを向けていたし、外へ出て記念写真も撮ることにした。こんな遠い西アフリカまで調査に来たのだから写真はここまで来た証拠になっていい、などと私は考えていた。このごろ地方の役所などでは、時々役人の空出張のスキャンダルが話題になっていたが、私自身、毎回こういう遠い旅行に出て来る度に、ふと、旅にかかる日数だけ、どこかひなびた日本の温泉に身を隠していたら、どんなに楽でいいだろうなあ、と悪魔の囁きを感じることもあった。

リバティー・ヒルの町は全体が赤錆色をしていたが、今日は曇って、そのせいか港の喧騒まで抑えられているようだった。

「帰りに墓地を通りたいですか？」

ジョージ神父が尋ねた時、私は返答に迷った。墓地はぜひ通りたいというほどの所でもないが、私はいつも死を考える性格だったので、墓地は親しみを感じる場所、死者たちと出会える空間、という意識があった。

私があいまいに「ええ」と言ったので、神父はそれで私が納得したのだろう、と考えたらしかった。この神父が旅の間しばしば私たちに強要した旅程は、すべて善意のものであった。親切のあまり、彼はもともとさしてありもしない名所旧跡に案内し、自分と関係のある教会のすべての施設に立ち寄って、必ず大々的な歓迎式典を計画していた。それは野生の花を集めた(それ自体はなかなか愛らしい)花束の贈呈、少女たちの歓迎のダンス、それに続く会食という形を取るのである。それらの行事は、もちろん私たち客人のために計画されたものではあったが、或る意味では彼ら自身の生活に変化をつけるためには大切なものだったのである。私たちが来たからこそ、彼らは踊る機会ができ、飲み食いするチャンスも増えたのである。それを知っているから私はこうした儀式の意義を意識の上では深く納得したのだが、それでもなお私の優しくない心根は、歓迎のダンスの単調さと下手なことにはうんざりすることが多かった。こういう行事に時間を取られているから、私たち調査団が望んでいる自由な取材の時間はどんどん減ってしまう。私は単純な性格で、どうしても不機嫌な顔を隠しにくくなるのである。

その点墓地はすばらしい所だった。今私たちが岡を下りるために通り抜けようとしているこの墓地の主役は、雑草であった。そこが墓地だ、と言われなかったら、私にはただ通り抜けるための荒れ地だと思ったかもしれない。刈る人もないままに、草は時々地面の小さな穴さえもカモフラージュしていたので、私は用心して歩く速度を落とした。

私の先を歩くジョージ神父が、途中でふと振り返って私に言った。

「ここで死んだ、イギリス人の宣教師の神父たちの墓でちょっと祈って行きましょうか」

「どこにあるんですか？」

「あそこ」

言われた通りに眼をやって三メートルと離れていない雑草の中に、私は醜いコンクリートの構造物の一部をちらと見ることができた。

しかしそれは、そう言われなければ、とうてい墓とは思えないものだった。強いて言えば、今はもう使われなくなった貯水槽の一部か、水が枯れてしまった井戸の跡としか思えなかった。

「これは一八五〇年代にここへ来て、五十キロほど北部のRという村に入った人たちの墓です。初期の宣教は困難なものでした」

「お墓は荒れていますね」

私は、時には胸まで届くような草を押し分けて歩きながら言った。

「初めはここに皆いっしょに埋葬したそうですが、その後、彼らの修道院のイギリスの本部が遺骨をイギリスに持ち帰ったようです。だから、今、この墓は空です。でも私たちはここで毎年二月末に、ミサを立てて彼らのために祈ることにしています」

私と神父は、空の墓の前まで辿り着いた。馬小屋の床を思わせるような、三畳敷ほどの

二月三十日

大きな荒れたコンクリートの台が墓石といえば墓石だった。中央に墓碑をはめ込まれた跡のような部分があったが、恐らく金属製だったであろう碑銘を記した板はなくなっていたので、七人の名前も没年も全くわからなかった。

「私が初めてここに来た時には、まだ碑銘を書いた真鍮の板は残っていたんですが、なくなったところを見ると誰かが盗んだんでしょうね」

ジョージ神父はこともなげに言う。彼はまだ四十歳くらいだから、この墓に埋められた人たちより、百年くらい後に生まれて来た世代なのである。

「しかしあなたが、この人たちのことを知りたければ、特別に見せてあげられるものがありますよ。彼らのうちの一人が、死ぬ直前まで書いていた日記があるんです」

「まさか。イギリスの修道会は、それを要求しなかったんですか？」

「多分そうなんでしょうね。詳しい経緯はわかりませんが。ずっとうちの修道会が歴史として預かって保管しているんです」

私と同行した他のメンバーが、私とジョージ神父のことなどには気がつかず、土地の案内者と他の小道を辿って岡を下りて行く姿を見ながら、私は神父の言葉に従って英語で短い祈りを捧げた。

「大聖堂へ行ったために、このお墓にも参ることができました。ありがとうございました。なぜか一番心に残る場所です」

私は礼を言った。しかし私はその時、歴史の重さをまだ何も知らなかったのであった。

その夜、私たちはジョージ神父の修道院に泊まった。私たちの研修旅行は、誰もが寝袋持参で、できるだけ質素な旅程を組むことにしている。しかし貧しい国で質素な旅行をしようと思えば、不潔きわまりない土地の宿に泊まらねばならなかった。

それらのアフリカの貧しいホテルの凄まじい不潔さは、日本人の想像を絶したものなのである。

サハラ沙漠に入る直前の町では、私たちは水も電気もないホテルに泊まったことがある。床には厚く砂が堆積している部屋で、顔を洗う水もなく、もちろん冷房もなく、私たちは家畜になったような思いで寝たのである。

エチオピアの田舎町の宿屋の、電気も引いていない共同トイレの日本式の便壺には、汚物が床よりも高く堆積しており、どうして使ったらいいのか思案に余るものである。そういう暗い空間を自由に出入りしているゴキブリが、寝室にも出没して、ちょっとハンドバッグの口を開け放っておこうものなら、たちまち中に入りこむ。そして次に私がハンケチを出そうとして手を突っこんだ指に噛みつかれたこともある。

どこのホテルでも、じっとりと人間の汗で湿気たベッドの、もう何十年使ったかわからないような腐りかかったマットレスは、人型に凹《へこ》んでいて、ほとんど百パーセントと言っ

ていいほどダニが巣くっている。私が一番恐れていたのは、不潔よりもこのダニにたかられて体中掻きむしるほどの痒さで眠れないことだった。そういう生活を続けると惰弱な私はすぐ体力を消耗し、それがマラリアのような別の病気の引き金になることは容易に考えられるからであった。まだ体験したことはなかったが、私は南京虫も恐れていた。壁の割れ目に潜むという彼らに襲われないために、私は壁際からベッドを離してみたり、電気があれば夜通し消さないで寝るという儚い抵抗を試み続けるのである。

その点、修道院は別天地だった。お金をかけずに宿泊する、というのは嘘ではなかったが、結果的には私たちは清潔、安全、栄養の欠けない合理的な食事、という三つの贅沢を手にしながら、しかしどこでも一泊三食つき二千五百円くらいの宿泊料で泊めてもらっていたのである。

その夜、視察団の男性たちは、修道院の一部にある客用の部屋に泊まり、私たちは隣接する女子修道院の客室に泊めてもらうことになっていたが、男子修道院で揃って夕食を済ませると、私は早々に図書室に行って、ジョージ神父から昼間話された例の日記を見せてもらうことにした。

「普通は十時までですが、今夜は皆さんのために特別に十一時まで発電機を動かすことにしていますからゆっくり読んでください。日記は今取って来ます」

ジョージ神父が言うところを見ると、ここは首都リバティー・ヒルの一部のように見え

ながら、電気は引かれていない地区で、自家発電に頼っているようであった。

図書室は大きくはなかったが、どっしりしたソファや机はイギリスから運ばれて来たもののようにも思えた。痩せたヨーロッパ人の老人の修道士が一人、ソファで雑誌を読んでいた。私はその人に会釈したが、彼は図書室の沈黙、という規則を頑《かたくな》に守っているようなので、安心して声を掛けずに、がっしりした年代ものの巨大なテーブルに席を取ることにした。どこを選んでも薄暗い蛍光灯の光しかないのだが、それでもできるだけ明るい場所を探すことにしたのである。

ジョージ神父が持って来たのは、もともとは恐らくタンと呼ばれる日焼けした茶色だったろうと思われる立派な革表紙のノートだったはずだが、水に浸かったことがあるのか、まだらに色がはげ、形もゆがみ、しかも隅の部分が家畜に齧られたようにむしられていて、私は一瞬ページをめくれば、ノート全体がばらばらに崩れてしまいそうな心配をしたくらいだった。

実は次に恐れていたのは、手書きの字が読めるだろうか、ということだったが、その心配はページをめくったとたんになくなった。考えてみれば、昔も今も、修道者たちは、男性でも女性でも、みんな崩すことをほとんどしない、時には飾り文字ほどに端正な字を書くように、修道院ではしつけられているものであった。

私はくっつきかかっているページをめくることでノート全体を破壊しないように気をつ

けて開いてみたが、ノートは最後のページまで書かれているのではなく、約三分の一くらいで終っているらしいのでほっとした。字がきれいなので、私はこれならかなりの早さで眼を通すことができるだろう、と安心したのである。ジョージ神父が出て行くのを見送ってから、私はゆっくりと最初のページを拡げた。

「一八五五年十二月十日。ポール・ブライトン神父、神の恩寵に感謝しつつ、これを記す。今朝明け方、レッド・ロックの岡を、船から眺めることができた。イギリスを出てからいろいろな都合で、五十二日目であった。皆、いっせいに甲板に立ってこのレッド・ロックの村を眺めた。朝もやと煮炊きする竈《かまど》の煙がたちこめ、椰子と人々の住む小屋が岡の上にへばりついたように散在していた。

ここが私たちに与えられたカルワリオであると私は覚悟を新たにしたが、仕立屋のサムュエル修道士は岩の上で夕陽に向かってフルートを吹きたい、と言う。彼は修道服《スータン》にほんとうにフルートを一本差してここへやって来たのだ」

レッド・ロックというのは、リバティー・ヒルの古い名前である。このあたり一体は、パイナップルの栽培に適した赤いラテライトの土なので、昔の人たちも、当時は村だった入江の奥の村をそう呼んだのであろう。カルワリオとはイエスが十字架につけられた場所のことである。

「私たちの船が来たことは、海岸から一目でわかるはずだし、こういう船の入港は、たち

どころに人々の噂になるはずだが、私たちが新しい布教の基地とするための土地へ入る準備一切をしてくれているはずのハムザという回教徒はまだ現れない。商売の旅に出ているのかも知れない。いずれにせよ、サンタ・マリア教会以外に私たちとコンタクトを取れるところはないのだから、待っていればやって来るであろう」

そのサンタ・マリア教会のすぐ隣の修道院に、今私はいるのである。もっともその頃の建物ではない。しかしここから見る海と空は、当時と同じもののはずである。

「私たちのメンバーは、私を入れて七人。神に愛されて選ばれた。無秩序と非人間性の蔓延《はびこ》るこの暗黒の大陸に神の愛と真理を実感的な光としてもたらすべく、選ばれてやって来た兄弟たちの名前を記す。

リチャード・キャラガー神父。三十九歳。
マイケル・グレアム神父。三十五歳。
ジョン・マッキントッシ修道士。五十一歳（靴職人）。
マシュー・カーティス修道士。四十二歳（大工）。
サムュエル・スコット修道士。二十八歳（仕立屋）。
マクシミリアン・ムーニイ修道士。二十三歳（コック）。
いずれも神に召され、この土地に呼ばれて来た光栄ある者。

十二月九日

昨日は一日中喧騒の中にあった。しいて言えば、それまで私たちは劇場の客席にいたのだが、急に大道具でいっぱいの舞台に上げさせられたという感じである。

朝、十時を過ぎて荷物を運ぶ男たちの一団が来た時には、一種の戦いのような喧騒が起きた。誰もが我がちに荷物を取り上げようとしたのに、とりしきる者が誰もいなかったのだ。その上に、私たちの周囲には、全くわからない部族の言葉で喚《わめ》きながらとりつく男たちが数十人、押し寄せたのだから、私たちはひきずられ、自分の身さえ守れないありさまだった。

そのもみくちゃの中で私は腰のベルトにつけていた時計を失った。もちろん盗まれたのだと思うが、私は後になって知った。その時は、我先にと荷物を取り上げて歩き出そうとする彼らを私は押し留めて、『サンタ・マリア教会はどっちだ？』と聞くのがせいいっぱいだったのだが、中の数人が一斉に岡の上の方を指した。

アフリカの聖母はどの町でも岡の上に立って、町全体に愛の視線を注がれているのは極めて自然なことだったから、私はほとんど駆け足に近い彼らの群れが、岡を登る道を辿るのを少しも不思議に思わなかったのだ。しかしかなり行ってもそれらしい建物が見えなかったので、私は再びその辺にいた鍬を担《かつ》いだ男にサンタ・マリアはどこかと聞くと、男は黙って今度は少し岡を下りる道を指した。それで荷物を担いだ男たちと私たちの集団は、

言われた通りの道をまた一団となって、転げるように歩き出したのだ。『一団』の中には荷運びをしている人もいたが、中には全くただ野次馬のように私たちに従って歩いているのもいて、それが荷運び人と同じくらいの人数になっているのである。

しかし行けども行けども教会は見当たらない。もう一度出会った人に聞くと、今しがた来た道の方を指さす。もう途中は省こう。私たちは合計四人の男たちに道を聞いたのだが、その四人が四人共、全く間違った道を教えたのだ。教会などというものは、そうやたらにある建物ではない。目立つものだろうに、そして町自身はほんの小さな村のようなものなのに、誰一人としてそれがどこにあるのか知らなかったのだ。

結局三十分近くも歩き続けた右往左往の間に、私は努めて彼らを集め、勝手な行動を取らないようにしたのだが、それでも、サンタ・マリアに着いてみると三十五個あった荷物のうち、四個が紛失していた。正確に言えば、それは恐らく紛失ではない。荷運び人の中に、予め気の毒な親戚の男か老女、或いは病気の妻を救うために、金目になるものが何でもいいから必要だと思った男がいたのであろう。なくなった鞄のうちの一個は衣類、一個は薬品、他の二個は本であった。懐中時計を盗られたことも悲しかったが、本をなくしたことも、負けずおとらず辛く感じていることを、私は現世の物にとらわれてはならないはずの修道者として愧じていた。

衣類の鞄は幸いにも祭服ではなかった。むしろさしあたり買わなくても済むように、と

いう配慮のもとに修道院の本部が持たせてくれたシャツの類であった。私たちは何と幸いであろう。我々はラップランドやグリーンランドに赴任したわけではないのだ。土地の男たちは、ほとんど上半身何も着ていないのだから、我々も同じような暮らし方ができないわけはない。しかしもう一つの薬の鞄にはリチャード神父の薬が入っていたのだから、ほんとうに気の毒であった。隠そうとはしているが、その不安は手に取るようにわかる。彼は喘息もちで、その発作が起きた時に飲む、という薬をたくさん持って来た。私の時計は、母が最後にバラの花の咲く庭木戸から私を送り出してくれた時、父の形見だと言って渡してくれたものだった。母の灰色の柔い髪に朝日がさしていた。私は一瞬父と母の双方を時計と共に失ったような気がしたが……時計がなくても生命を失うわけではない。

　私は明日、少し落ちついたところで、リチャードに言ってやるつもりだ。マタイ福音書の十章で、主は何と言っておられるか。初めて不安に満ちて宣教の旅に出る未成熟な使徒たちに向かって、主は「金も持つな、袋も持つな、履物の替えも持つな」と言われたではないか。何がなくても、必要な時には、神は何らかの方法でそれを我々にお与えになる、と約束されたのだ。彼の病気が国にいる時と同じように出るかどうかはわからない。すべては神の御心に委ねて、気楽になるように、と。そしてその言葉は、自分自身への諭しにもなるだろう。

十二月十三日

忙しい数日だった。

回教徒のハムザはやってきて、商売に出ていたのですぐ来られなかったことを詫びた。しかし私たちが奥地へ入るための用意は殆どすべてできているので、二、三日のうちには出発できるだろう、と保証した。

それから彼は声をひそめて、子供を一人走り使いや水汲みに連れて行きませんか、と言う。自分は親切な男なので、両親を亡くして孤児になった男の子を引き取ったのだが、それは役にたつ子だろうと思う。給料は要りません、食べさせてくれさえすればいいです。ただ自分がその子を引き取っていた間にかかった食費や、買ってやった衣服の代だけ出して貰えれば、と言って切りだした額は、この土地では新参者の私のはっきり言えることではないが、多分いろいろな理由で、彼が少年を奴隷として買った値段をはるかに上回るものなのだろう、と思う。

連れて来させて見ると、歳は恐らく十一、二歳。やせ細ってはいるが、背は高い。乏しい食事のすべてを、体が、太ることにではなく、背を伸ばすことに使っていたという死にもの狂いの感じがある。

一番若いマクシミリアンを呼んで、

『おい、マックス、今日からお前の弟だ』

と言うと嬉しそうな顔をした。兄弟は一番下より、下から二番目の方がいいのだ。名前は聞いてもよくわからないので、我々がベンジャミン、通称ベニーと呼ぶことにした。つまり我々の共同体の一番年下の息子、ということになったのだ。ベニーは親からも引き離され、どんな苛酷な人生を送って来たのかしれないのに、白眼を見せて笑わないだけで、悲しみも見せないし、もちろん泣いてもいない。

十二月十五日

マイケル神父が、大工のマシュー修道士、コックのマックス修道士とベニー少年を連れて、ハムザを案内人に、我々が奥地の共同体を作る筈になっているRという土地へ先発隊として出発した。もちろん朝、それもまだ夜の引明けに、我々はアフリカのサンタ・マリアの祭壇の前でミサを捧げ、平安と加護を祈ったのはいうまでもない。しかし出発の直前になって、靴屋のジョン修道士も出かけることになった。何と言っても、まず八人が寝る小屋を最低二棟は作らねばならないのだし、ベニー少年はあまり役に立ちそうもなかったからだ。

出発の直前まで、ハムザとは再び用意されているはずのラクダのことでもめた。ハムザは必ずラクダを買っておくと言って、その分の金も取っていたのに、ラクダがどうしても見つからなかった、と言ったのだ。そんなことはないだろう。私たちは昨日町でラクダと

ロバを売る小さな家畜市を見たのだから。

ハムザが用意して来たのは、三頭のラクダの代わりに六頭の皮膚病だらけのロバだった。大工のマシュー修道士は、荷物がこれでは全部積めないと言って怒っていたが、靴屋のジヨンは最年長の五十一歳で思慮深い男だから、どうやらおだやかに取りなして一行は出発した。彼は結婚したことがあって、十八歳の妻が子供を死産した時に死んだ後ひとりぼっちになってしまった。よほど妻を愛していたのだろう。修道院に入って来たのである。

昨日はリチャード神父は、ろくろく食事も食べなかった。彼は実は国で神学を学び続けたいという情熱があったのだ。それほど神学は彼の信仰と学問への情熱に結びついて魅了した。しかし修道院長は、あえて彼のそのような執着の根を断とうとしたのだ。彼はこの国へ来ることを命じられ、修道院の従順の掟に従ってここへ来た。そしてレッド・ロックに上陸する時、町の不潔と喧騒と秩序のなさに飲み込まれて、彼は絶望しかかったのだ。しかし彼は決して弱くはない。一行の出発の時には、少し自分を取り戻して、一行を祝福するという神父の勤めを果たした。

『ありがたいことに喘息は起きない』

と彼は歪《ゆが》んだような微笑を見せて言った。

『それごらん』

と私は言った。

二月三十日

『神はこのアフリカの気候さえ変えることがおできになるんだから。それも君のためにだよ』

十二月二十一日

私たちはどうしてもクリスマスを先発隊と合流して祝いたいと思って出発した。案内役のハムザが帰って来たからだが、奥地の様子はまだあまりよくわかっていない。マシューが原住民たちと同じ小屋を建てだした、というが、ハムザが向こうを発った時にはまだ完成していなかった。幸い今は雨期が終りかけて雨は降らなくなっているが、家は早く完成しなければならない。

ハムザが少し気がかりなことを言う。大工のマシューが隠れて酒を飲んでいるというのだ。途中の村の女が椰子酒を売りに来たのを買った。そして水のように飲んでいるという。

『まあいいよ。今はまだ生活が落ち着いていないし、体が疲れれば酒も飲みたいんだよ』

と私はハムザに説明したが、ハムザは、

『酒は悪魔の飲み物だ』

と回教徒らしいことを言う。この男は気を許せるという感じではないが、少なくとも、こうして思ったことを言うだけ正直である。

途中、崖の下に洞窟があるところで野宿した。蚊に悩まされてよく眠れない。あり合わ

せの布を被って寝ているのだが、蚊はその上からも容赦なく刺す。

しかし朝は爽やかだった。何という重々しい、黄金のような朝の光がまるで海の潮のように周囲に満ちて来るのを私たちは見たことだろう。

ハムザがいるので順調に道を辿って、日没の頃には林の間に、二棟の丸い小屋の見える私たちの家に着いた。お互いの喜びようは大変なものだった。生き別れになっていた家族に何十年ぶりに再会したようなものだ。驚いたことにベニー少年が、ほんの少し私たちを見て笑った。彼が笑ったのを見たのは初めてである。

私は大工のマシューに導かれて一軒の小屋に入った。宮殿に入って行くような誇らしげな感じだった。直径五メートルほどの丸い小屋だが、入るなり私は『いい香りだね』と感嘆した。屋根の材料に使っている草――それは道端にいくらでも生えている草だそうだが――まだ刈りたてのせいか、この上なく新鮮ないい香りを放つのだ。豪華な宮殿も、香りを放つことはないだろう。

小屋の一つに私たち三人の神父。もう一つに四人の修道士たち。ベニーのためには、外に屋根だけがある小屋が作られ、傍にヤギが一匹、もう乳を出すのが繋いであった。

先発隊は数日分だけ、私たちより体験を深めている。希望的な話だけではない。まず布教をする対象の住民が全く近づかない。気長に待てばやって来るだろう、と私は言う。何でも短気でことができた例しはないのだ。しかし彼らは無視して近寄らないだけではなく、

外に放置してあった鍋を一つとマイケル神父の眼鏡を盗んだ。遠視の眼鏡など、盗んでどうするのだろうと思うが、片時も目を離すことはできない。

私はマイケルが気の毒でまともに顔を見られなかった。このマイケルは、修道院一の詩人なのだが、一冊の本も持って来なかったのだ。何か一、二冊の本を持って来ることは、彼の慰めになるかと思ったのだが、詩はアフリカ全体、アフリカそのものなのだから、本などなくてもいいのだと言う。イギリスでは、自分は詩集を手にする時しか詩を読めないが、ここではいつも詩の中にいるのだから、眼鏡も要らないのだという。私は『便利なものだね』と笑っておいたが、彼の輝くような意志の強さに打たれていた。

コックのマックスは鍋を盗まれて少し気落ちしている。『土地の女たちもイギリスの鍋なしで料理をしているじゃないか』と言っておいた。

仕立屋のサムュエルは下痢に悩まされている。

十二月二十五日
昨日は断食の日。イエズスのみじめな生誕を想うためである。夜、ハムザに買わせてあった鶏を一羽料理する。コックのマックスは、いつもの通り黙々と仕事をしてはいたが、この土地へ来てから最高のごちそうが出てもあまり食べない。ベニーも肉は食べない。鉄の板の上で焼いた薄いパンは食べる。ベニーはデザートの甘いプディングはおいしいと思

ったらしく、底無しに食べた。
誰がクリスマスにこのような残酷な贈り物を受け取ると思っただろう。今朝がたからマックスが発熱した。しかも意識がない。恐らくマラリアだろうと思うが、持ち合わせの薬も飲み込まないので、どうすることもできない。ベニーはマックスを兄だと思っているらしく、ぴったりと寄り添っている。私たちは彼のために祈り続けた。働くよりも、祈ることがほんとうは我々の勤めなのだ。マックスは私たちの生活を本道に返してくれている。

十二月二十九日
この数日、私たちは神のご意志がどこにあるかを問うた。マックスは四日目に息を引き取った。昏睡のまま、痙攣を起し、そして安らかになった。『苦しまなかったよ』とマイケルは明るく言う。靴屋のジョンと仕立屋のサムュエルが墓穴を掘り、大工のマシューは急いで棺を作った。木材の厚さがでたらめだったので、ずいぶんとおかしな形になったが、それは温かい感じだった。ベニーは必死でパンを焼いている。まだマックスについて料理の見習いを始めてほんの数日なのだが、それでも必死でベニーも働こうとしている。この子も字を覚えて、神学校へ行くことになるとしたら、それはマックスの生まれ変わりだ。
埋葬の時、マイケルがミルトンの詩の一節を『朗読』したが、もちろん本はないのだから、それは彼が暗記していたものだ。彼はたくさんの詩を暗記している。本は彼の頭の中

に詰まっている。

一月一日

昨夜は、皆で歌を歌った。しかし楽しい気分にはならなかった。マイケル神父が悪寒の後発熱したのだ。不吉な予感が体を走った。マックスの二の舞になったらどうしようかと思ったのだ。

靴屋のジョンはまだ、作るべき靴もなく、修繕の必要もないから、と言って、もっぱら献身的にマイケル神父の看護に当たっている。熱さましの薬といっしょに熱いお茶を二時間置きに飲ませること。それだけなのだが、マイケルは間もなく熱が引き、元気になった。マックスとは違う、と誰もが感じ、晩禱《ばんとう》の時、特別にテデウム(神への讃歌)を歌った。

土地の住民に対しては、我々は決して無理に近づいたり言葉をかけたりせず、ただにっこり微笑を見せ、夕方にはサムュエルにフルートを吹かせることにした。それを聴こうとして遠巻きに近づいて坐っている村人がいるようになったのだ。

次第に彼らは決して喋らず、朝から夜までただ私たちの小屋の近くに坐って私たちを見ているようになった。我々は始終彼らの視線にさらされて劇場の舞台の上にいるようなものだ。これは少し疲れることだが……リチャード神父が、あまり喋らなくなり、ずっと草の小屋の中で横になっているようになったのも、こうした善意で不作法な観客の存在と少

し関係があるかもしれない。
ありがたいことに彼の喘息は全く奇跡のように起きない。時々、盗まれずに済んだ本を読もうとしている。しかし彼は近視の上、小屋は窓などないから、昼でも暗い。読書は辛い仕事になる。しかし彼は、小屋以外の外界に出ようとしない。彼の考える世界とあまりに違うので、どうしていいかわからないのだろう。もしこの状態があまり続くようなら、私はロンドンの管区長に手紙を書いて、彼がもっと神のために働ける場所を与えてくれるように願うことも必要なのかもしれない。
私は元気だが——少し疲れている。

一月八日
今日初めて、一人の村の女性が私たちに近づいて来た。何か喚きながら、まるで悪魔に近づくような恐ろしげな顔をしていた。
しかし私たちはすぐにその意図を解した。
彼女の子供は、まだ一歳半か二歳くらいだろうと子供好きのジョンは言うのだが、ひどい熱を出しているのだ。つまり治す方法はないかと思って私たちに近づいて来たのだ。普通、村人たちは、病気になると祈禱師のところに行く。もちろん彼女もそうしたのだろうが、それでも治らなかったので、私たちのところに連れて来たのだ。

二月三十日

ジョンはたった一度、息をしていない自分の子供を抱いただけだと言うが、その子はまだ充分にぬくもりがあった。そういう辛い思い出があったからか無類の子供好きである。薬箱からいろいろ出して来てやって、子供に飲ませた。彼は髭面《ひげづら》で子供に接吻した。そしてよほど嬉しかったのだろう。私はこの国へ来て以来、あれほど相好を崩した彼の表情を見たことがない。母親は彼から子供を奪い去るようにして帰って行った。

大工のマシューが、手に怪我をした。ひさしぶりに釘を使ったら、指を刺したのだという。『草と椰子の幹と綱しか使わないでいると、すぐ釘を使えなくなるんだね』と彼は笑っている。住民たちは、蔓草を編んだ綱を使うが、マシューは持参したロープを使っている。住民は釘などほとんど使わない。

一月十五日

リチャードは次第に口を利かなくなった。食事も少ししか食べない。励ますと頷くが、外界の刺激は、我々の言葉を含めてすべて嫌になったように見える。それで私たちは、ただそっとしておいたのだ。

しかし昨夜、夜中にリチャードの姿が見えなくなった。満月の夜であった。小屋を出た時、一瞬私はリチャードの捜索を忘れて月に見入ったほどの明るさだった。大分長い間そこら辺を探したがどこにも見当らない。私たちは小屋に戻った。マイケル神父と私はまん

じりともせず朝を待った。いくら月夜でも、夜歩き廻ることは、狼のような野獣もいるし、穴や、崖や、木の根や、危険な場所が多すぎるのだ。

朝が明けて、私たちは四方に散った。

十二時少し過ぎ、普段は明るいサムュエルが息せききって私を呼びに来た。『来てください』とだけ彼は言った。

それは私たちの小屋からほんの一キロほどしか離れていない雑木がまばらに生えた凹凸《おうとつ》の多い空き地の中だった。草の中に異常に白いものが見えた。それは、リチャード・キャラガー神父の、恐ろしいことに全裸のうつむけの死体だった。殺すことが目的だったのではないのかもしれない。しかし村人は、彼の体には全く関心を示さなかったのだ。むしろ身につけているほんのわずかなもの――僧服、帯、サンダル、ロザリオ――のようなものが目当てだったのだろう。何で殺す必要があったのか。欲しいと言えば、リチャードはなにもかも与えたはずだ。主は裸で寒い夜にベトレヘムの荒野でこの世にお生れになった。そしてカルワリオの岡で、またローマ兵たちに衣服をはぎ取られて、裸で息を引き取られた。何で私たちが、着るものに執着しなければなりませんでしょう、と言うに決まっているのだ。それなのに、住人たちは無抵抗の彼を殺した。

午後埋葬を終え、夕方ロンドンへの報告書を書く。いつ届くのかわからない手紙だが。

二月三十日

一月十八日

ジョンががっかりしたように言う。先日薬を与えた子供が死んでしまったというのだ。だんだんわかって来たが、この土地の子供は、たくさん死ぬのだ。始終葬列が埋葬に行く光景を見る。あまり泣いていない親がほとんどだ。墓地はだから賑やかだ。死んだ子供のすぐ隣に、ついこの間眠りに就いたばかりの友達や兄弟が眠っている。

どうしてあの病気の子が死んだということがわかったかと言うとベニーが教えてくれたのだという。この子はいつのまにか簡単なことを通訳してくれるようになっている。村人たちの言語も少しわかるし、我々の言葉もかなり解するようになった。

一月十九日

ベニーが午後走って来て、靴屋のジョン修道士が、あっちの村の方で苦しんで倒れているという。駆けつけてみると、口から泡を吹き、時々手足を震わせているが、もう瞳孔が開いてしまっていた。大きな男が丸まっている。

不自然な症状だ。第一、そんな苦しみ方をしているというのに、誰一人として村人が附近の小屋から出て来ない。家の中に引きこもって、知らないふりをしているのだ。

とにかくマシューとサムュエルとで小屋まで連れて帰った。息はなかったが、大きな熊のような手をした靴屋は、まだ無限の体温を体に残しているように見えた。誰も死んだと

いう実感はなかったが、マイケル神父が言った。

『毒殺されたんだろうと思う』

彼はここへ来る前にも、短い期間だがアフリカの体験があった。

『どうしてわかる？』

私はマイケルに尋ねた。

『村の女の子供に薬をやっただろう。そして子供が死んだ。女は、ジョンが魔法使いで、子供を取り殺した、と言ったんだ。それで毒薬入りの飲み物を出されたのだろうか、と私はマイケルに尋ねた。

ジョンは病気の子供を、放置すればよかったのだろうか、と私はマイケルに尋ねた。

『ハムザだったら当然薬があっても、ないと嘘をついて何もしないだろうな。後が恐ろしいからだ。しかし私にも責任はあるんだ。私はこうなるかも知れないことを知りながら、もし子供が治ったら、われわれがこの土地に受け入れられるきっかけになるかも知れない、とあの時計算したんだ』

マイケルの責任ではない。それにマイケルのマラリアも完治してはいない。今日もマイケルは悪寒に苦しんでいる。しかし数時間で治まるから、何とか乗り切れるだろう、と考えている。

二月三十日

大工のマシューーがまた棺を作っていた。

『大きく作れよ』

とサムュエルが炊事用の竈の前で笑っているのが聞えた。

『ちょっとのところで足を曲げなきゃならないなんて、窮屈だからな。しかしお前は棺桶作りがうまくなったな。ついでに自分のも作っておいたらどうだ。下手なのが作ったら気に食わないだろう』

『それくらいなら、お前のを作ってやる。頭がぶつかって痛いといけないから、特別に頭が当たる場所の板にクッションをつけた奴にするよ』

マシューーはむかっ腹を立てているような声を出した。実はサムュエルはまだ二十八歳なのだが、若禿げで、てっぺんにはほとんど毛がないのである。

『俺のはいいけど、ポール神父のを作っておいてくれないか？』

サムュエルは言った。

『なんで』

『俺は心配なんだ。あの人が一人生き残って、誰も棺桶を作ってやる人がいなくなってたら、かわいそうでたまらないんだ』

私はそんなにも優しいサムュエルの心根を垣間見たことがなかったが、誰にも気づかれないようにそっとその場を立ち去った。

主は七人のうちの三人をお取り上げになった。何のために、何の御意図があって……。夜が暗い、と感じる。

一月二十五日

ここのところ大工のマシューが風邪気味だと言っていたが、今日になってひどい熱が出ている。しかしマラリアではない。コックのマックスとも、マイケル神父とも違う症状だ。ベニーが鶏を締めて、マシューのためにスープを作ってやった。鶏肉は体の衰えたマイケルのためにもいい。

午後になってマシューが只事ではないと思う。喋れないし嚙めない。首が後ろに反り返っている。夜になると、ベニーの作ったスープも飲めなくなる。マイケルが砂をフライパンで温めて袋に入れて首筋を温めると、気持ちいいと言う。マイケルが私に眼で合図して小屋の外に出た。

『マシューは多分破傷風だ。だから咬筋に麻痺が来て、口が開かないんだ』

とマイケルは言った。

『今から二日がかりで、レッド・ロックに帰すと助かるかもしれないが』

しかしマシューは、最早運べない。ロバもないし、何よりひっきりなしに痙攣を起していて、とてもロバの背になど乗せられない。眼を覆ってやるが、少しの刺激、人が触れても、声だけでも痙攣を起す。背中が硬直して弓なりになったまま震え出した時、ベニーが泣きだした。そうした拷問に近い責め苦が数時間続いた後、マシューは静かになった。

二月三十日

マシューの死に顔の何と穏やかだったろう。それは不安もなく、何か喜びに満ちた表情をしていた。サムュエルが言った。

『たくさんの棺を作るだけでも大変だったな』

『そうだね』

と私は同意した。

一月三十日

マシューの埋葬が済んだ夜、私は仕立屋のサムュエルに言った。

『今日からこっちの小屋へ引っ越しておいで。一人でいると寂しいだろう』

サムュエルは少しも遠慮しなかった。もう三人しか残っていないのだ。しかし不思議なことだが、三人になった時、私たちは三人なら生き残るような気がしたのだ。それは新たな出発に思えた。もちろんそれは四人の屍の上に生え、枝を拡げた樹木のような希望かも知れないのだが。

二月に入った。もう私は日付をつけるのをやめよう。マイケル神父の様子は日に日によくない。マイケルは痩せてただ魂だけが輝いている。サムュエルも下痢が続いて食事ができない。私も同じような症状だ。もしかすると、終焉は迫っているのかもしれない、とひ

とごとのように思える。

しかし小屋の中は三人が寄り添って、決して暗くはない。

『ポールもサムュエルも、笑わないで聞いてくれるか』

マイケルがたった一本の蠟燭の灯の元で、瘦せて皺だらけになった口許に微笑を浮かべながら言った。

『今、外で星を見て来ておかしなことを考えた』

マイケルは微笑していた。ちょっと外へ出るにもマイケルはもう杖にすがって歩くようになっている。体力が全くなくなってしまっているのだ。結核ではないかと思うほど咳もするが、ここでは何もできない。

『何を考えたんだ』

『もし妻がいたら、一生に一度、今夜空に見えるあのすばらしい星の一粒を贈るよ』

修道者たちは生涯妻帯しない誓願を立てている。だからマイケルの妻はどこにもいないのだ。彼は三十五歳であった。

『私は昨日、おかしな夢を見たんです』

サムュエルが言った。

『ぜひ聞かせてくれよ。夢の話は大好きなんだ』

マイケルが言った。

『頭にふさふさと毛が生えた夢を見たんです。でも夢の中で私はちゃんと言ってるんですよ。毛は、もういらないよ、って』

『サムュエル、フルートを吹いてくれるか』

マイケルは横たわったまま言った。

『いいですよ』

『神も私たちの輪の中におられるから……だから、神も聴いておられるよ』

サムュエルは光栄に思ったらしく敷物の上で威儀を正した。私はその曲を知らなかった。しかしその旋律は優しい白い野の花の続く岡を思い出させた。私はその岡を知っている。懐中時計を渡してくれた母の実家のある村だった。曲が終わった時、マイケルは安らかに眠っていた。そして翌朝、目覚めることはなかった。

サムュエル・スコット、ユーモラスな仕立屋。ちょっと襟の抜けた遊び人風の派手なジャケットもこの世で縫いたかったかも知れないのに、修道服を縫い続けた。最期まで平常心を失わず帰天。偶然ハムザが来てくれたのでフルートと共に埋葬。

ハムザは一同の死の知らせを持ってロンドンに戻ったら、修道会から金を貰えることになっている。それでこうして、後何人生き残っているか、最後の一人はいつ死に絶えるか、それとなく様子を見に現れるのだ。

二月三十日

朦朧とした意識の中で最後の日付けだけを書いてまもなく、ポール・ブライトン神父は死亡したのだろう。二月三十日はどこにもない日である。それが最後のページであった。」

前年の十二月十日から約八十日で、七人は全滅したのであった。

私はいつのまにか息をひそめて日記を読んでいたらしい。私は息苦しさから解放されるために思わず大きな呼吸をし、それから日記を返すためにジョージ神父を探しに暗い図書室を出た。

# おっかけ

朝見夕子の生活の眺めの中には、いつも港の向こうに広がる舳島《へさきじま》と呼ばれる小島と、その島にかかる赤い橋があった。普通以上に橋脚が高いのは、橋の下を遠くメキシコ沖やアフリカ沖までマグロを捕りに行く遠洋漁業の大型船も通るからである。

朝日が差し込む時には、この赤い橋は逆光になることもあって日の輝きの前に色を失うように見えたが、夕陽に照らされる時には、小さな海峡を渡るその橋桁は実物より大きく太く見えた。

夕子は夫と結婚して舳島の見える海岸通りに所帯を持つ前から、この眺めを見て育った。実家は今の住まいからほんの百メートルほどしか離れていない。アワビやサザエ、石鯛やスズキなどの活魚を小売する店で、姉が養子を取って、義兄とその息子が店をやっていたのである。

海岸通りを走る車はかなりの台数なので、空気には鮮やかな潮の香りと、排気ガスの臭気とが混じっている。夫の家は、元は、漁業関係者相手の小さな二階建ての旅館だったの

だが、昔風の宿屋も次第に流行《はや》らなくなったので、百二十平方メートルほどの敷地にビルを建てていた。一階がカラオケ喫茶、二階が美容院、三階に船食屋《せんしょくや》と呼ばれる漁船に必要な物資を積み込む会社の管理部門が入っている。そして四階が、今は二人の娘たちも独立して出て行ってしまった後の朝見夫婦の住まいになっていた。

夫の恭助は定年まで市役所に勤めた。毎朝八時三十分に、判でおしたように潮風の中を自転車で出て行く。役所まではほんの五分なのだが、早めに出て行く性格なのであった。

この土地はほんの少し東京より暖かいので、冬でもオーバーなど要らなかった。恭助は、業者の誰かが常に宣伝にくれるウインドブレーカーかヤッケを着るだけで、通勤用のコートを買ったこともなかった。活魚屋の義兄も気の優しい人で、始終魚を届けてくれていた。「どうせあまり売れそうにないものを寄越すんだろうけどね」と夕子は悪口めいたものを言っていたが、義兄の優しさのおかげで魚を買ったことはほとんどなかった。つまりそれで夫婦はビルのローンの返済をあまり重荷に感じずに返して来られたのである。夫はおまけに出無精であった。夕子は時には旅行に憧れてもいたのだが、一人で温泉に行く気にもなれなかったし、一度だけ誘われて団体旅行でハワイに行ったが、おいしいものもなく、周囲の空気は軽薄にわさわさしていて、帰ってから、「ああ、いい思いをした」という気にはならなかった。「映画なら椅子に座って見ていればいいんだけど、外国旅行は疲れて帰るねえ」というのが夕子の実感だった。

夫は定年になると、市役所時代に碁仲間になった人の経営するガソリン・スタンドで働くようになった。初めての仕事だったが、パソコンもどうやら決まった事務処理ぐらいには使えるようになったので、これでもう六年間も安定して働いていた。スタンドの持ち主も、髪を金髪に染めた怠け者の若者を使うより、多少行動は遅くても、信頼も置けて給料も安い年配者を使う時代だと思ったらしい。今度の職場は市役所よりもっと近く、自転車だと三分のところなので、恭助は運動のために歩いて通うようになった。

「日本の国家的運命の順調さをもろに受けた家庭だね」と或る時夕子の従弟が同級生だという新聞記者を連れて来たが、その男が酒が廻ると言ったことがある。

「そんなことはないですよ。これでも、心配ごとが絶えなくて」

「そんなことないでしょう。家族は皆健康だし、失職してないし、お嬢さんたちは二人？」

「ええ、二人とも一応結婚してうちを出てしまってますけど」

「じゃ、その点でももう安心なんじゃないか」

「どうですか」

ほんの少し幸福感に陰りがあるとすれば、まさにその点であった。二人とも自分で相手を見つけて来た。

上の娘の夫は、王子で花屋をやっている人である。今はガーデニング・ブームだし、悪

くない商売だとは思うが、当人が自動車マニアなことが夕子の気にくわなかった。少しでも金があると、それを車に注《つ》ぎ込む。「お父さんは一生で自転車しか買わなかったんだよ」と娘に言うと、「あら、まるっきりお金を捨てるわけじゃないのよ。古い車はけっこうその道のマニアに売れるのよ」とあしらわれて黙る他はない。しかしそんなふざけた男の将来がいいわけはない、と夕子は思っている。

下の娘の結婚相手に関する不満は、世間には説明しにくいものだった。相手がベトナム人なのである。つまりはっきり言うと外国人だから、いやなのであった。ベトナムではいい大学を出ているというし、日本の有名な電機メーカーの研修生として選ばれて来日した時に知り合ったのである。今にその会社がベトナムに組み立て工場でも作れば、彼は日本語もできるし、すぐにかなりのポストを約束されるだろう。しかし夕子は娘が政情不安な外国になど住んで欲しくもなかったし、婿になった男が怒りっぽくて、ビールのグラスを割ったことがある、と聞いただけで背筋が寒くなった。

「お父さんは、どんなに腹が立つことがあっても、ものなんか壊したことはないよ」

と夕子は言った。

「あら、うちだって始終そんなことをするわけじゃないわよ。その時は私が言われた通りにしなかったことが悪かったんだから」

そうではあっても、物を壊して自分の精神の平衡を保たねばならないような弱い男にろ

くな将来はない、と夕子は思う。それも当人同士が別れたいと言っているわけでもない以上、今の時代にはどうすることもできない。

こんな時、せめて学校時代の友達に愚痴を言えたら、と夕子は思うことがあったが、夕子が唯一この土地であまり恵まれなかったものは、友人であった。

同じ土地に長く住んでいるのだから、子供の時からの知人は多い。男子の同級生の中には、酒屋の主人とか、スクーターの代理店をしている人とか、魚市場で働いている男とか、ひさしぶりに会えば気持ちのいい人物もそれなりにいる。しかしそれぞれ妻がいることだし、忙しい年頃でもあるし、夕子はその誰とも親しくはなかった。細井波江という同級生が同じ町の中には住んではいたが、その人も常識的ないい人というだけで、夕子は特に会って気楽に愚痴をこぼせる相手とも思わなかった。

一番近い所に住んでいる同級生に安木玉代という人がいた。ほんの百メートルくらいしか離れていないところで、もう二十年以上、流行らない文房具屋の店を出していたが、夕子は玉代をどうしても好きになれなかった。時たま玉代の店に慶弔用の熨斗袋《のしぶくろ》など買いに行くことはあるので、その時は「元気そうで安心したわ」などとは言うが、それ以上決して親しくはならなかった。

玉代はアワビかサザエみたいなおもしろくない人物であった。殻がかちっとしていて、決して中を覗かせない。自分の心の柔らかい所は他人に全く触れさせない感じである。

昔から玉代は全くしおらしい様子を見せない子供だったのだ。夕子の記憶の中で、玉代が泣いたり、しょんぼりとしている姿の記憶がない。いつもせかせかと落ち着かなく歩き、他人の会話にすぐ加わって、知ったかぶりで意味のないことを口走り、バレーボールでは後衛で走り回っていたが、よくボールを取り落とした。勉強は中の中だった。

噂だけだからよくわからないのだが、玉代のお父さんという人は、妻と、娘の玉代をおいて、どこかに出奔してもう長いのだという話だった。母は病気がちだったので、玉代母子は、伯母さんという人の家にいたのだが、間もなくその母も死んだ、と波江が教えてくれたのは、十代の終わりだった、と思う。夕子は短大に通っていたのだが、その当時玉代は何をしていたのか、記憶がない。唯一残された母を喪ったことに対して「可哀相ねえ」と口では言いながら、夕子は全く同情の気持ちが湧かなかった記憶はある。

あれは玉代の母親が死んだという話を聞いて、一カ月も経たない頃だったと思う。当時、初めて開店した近くのスーパーマーケットの商品ケースの角で、夕子は玉代に会ったのであった。

とっさに夕子の頭を過《よぎ》ったのは、どう玉代にお悔やみを言ったらいいか、ということだった。まだ世慣れない年頃で、面と向かって誰かに改まったお悔やみを言った経験もなかったので、夕子が顔をこわばらせて当惑していると、玉代は早口で夕子をせき立てた。

「早く、早く、向こうの野菜売り場で、すごくいい苺を百円で売ってるよ！　限定百箱で

もうすぐ終わりだって、早く行った方がいいよ！」

　夕子は玉代の態度と言葉が、予想したのとあまりにも違うので一瞬たじろいだが、その語調に押されたのと、玉代と口をきかなくて済む方法が眼の前に見えて来たのを幸い、言われるままにその場から野菜売り場に駆け出したのであった。しかしすぐ後で、夕子は細井波江には言わずにいられなかった。

「お母さんが死んだっていうのに、安売りの苺に夢中になるなんて、あの人、少しおかしいんじゃないの」

　玉代が結婚したのは、その後間もなくであったと思う。狭い港町のことだから、噂はすぐに伝わるもので、「親もない子だし、早く身を固めさせた方がいいと伯母さんも思ったんだろうよ」と夕子の家で話していた人の言葉を思い出す。

　相手は遠洋漁業の船に乗り込んでいた人で、町で二人を見かけた時には、夫という人は白い歯を剝き出しにして笑っている思いの他いい男だった。二人は肩を並べてオートバイの置場に行き、彼は玉代を後ろに乗せて楽しそうに走り去った。

　その時、心を過ぎて行った或る感情を夕子は今でも忘れない。玉代があのような幸福そうな結婚をすることが、夕子は許せなかったのである。玉代は娘を捨てるような父親の娘として生まれたのだし、母にも死に別れたのだから、その生涯は不幸に違いない、と感じていたのであった。もちろん夕子は、自分が玉代をそのように見ていたことを恥じたから、

玉代が楽しそうにオートバイの後部座席に乗って、夫の腰に楽しげに摑まっていた姿に悪意を持ったことなど誰にも話さなかった。

安木玉代は間もなく夫が航海に出る間の無聊《ぶりよう》を埋めるためか、小さな文具店を商店街の一隅に開いた。それが今でも続いている店である。大して流行っていそうにもなかったが、文房具はその日のうちに売れなくても腐るものではないし、やがて男の子が生まれても、玉代は子育てをしながら店を守っていた。夕子が結婚する前後頃である。それからの二十数年間、夕子と玉代は同じ町で暮らしながら付き合うこともなかったが、お互いの生活は順調だった、と言える。夕子にも娘が二人生まれ、夫は浮気一つしない性格だった。

五十歳という年が一つの節目なのかと夕子が思ったのは、それまで同じような日々が同じような登場人物の周囲に過ぎて行くものだと信じられていたのに、登場人物が少しずつ退場したり、性格が変化して来たことだった。

まずあの優しかった姉の夫が亡くなった。活魚屋の店は、息子夫婦と、一人番頭のようにして働いている従業員とでやれないことはないが、こんな空気のきれいな土地でタバコ一つ飲まずに生きて来た義兄が肺ガンになったのである。

姉は落ちこんで、市立病院に通い詰めてはいたが、自分の病気を知っている義兄が却って姉を励ましているようなありさまだった。

入退院を繰り返していた時期は十カ月に及んだのだからその間に姉も覚悟をすることは

できたはずである。

しかし姉は現実に恐ろしく弱い人であった。夕方早めに、自宅から通って来た息子と従業員が帰ってしまった後、夕子が姉の様子を見に行くと、姉は電気もつけずに部屋に坐っていた。食事をした様子はなく、洗濯機を廻した気配もなかった。

「お姉さん、あんただけがご主人に先立たれたわけじゃないのよ。それに人と比べてもそんなにみじめな境遇じゃないじゃないの。息子は毎日ここに仕事しに来てくれてるんだし、孫も三人いて生活に困るわけじゃなし、住むとこがないわけでもなし、何がそんなに見捨てられて一人ぼっちになった、ということになるのよ」

夕子は思わず腹を立てて言った。

「住むとこもあって、食べられなくもないから、なおさら辛いんだろうとは思うのよ」

「それだけわかっているんなら、感謝してしっかり生きなきゃいけないと思うのが、家族に対しての義務じゃないの」

「あんたは体験したことがないから、そんなことを言うけど、何もする気力がなくなっちゃったのよ」

長男の嫁も、受験生もいる三人の息子たちにけっこう手がかかるのを口実に、陰々滅々とした姑には近づかないことにしているらしい。夕子は姉に腹を立てて、それなら勝手に一人でずっと暗闇に坐っていればいいわ、と心の中で思っていたが、実は姉の変化はそれ

だけではなかった。ガスの火は消し忘れる。お金の計算も覚束なくなる。洗濯機も廻さない。軽い惚けが始まったのだと考えねばならなくなるまでには、かなりの時間がかかった。現実を正視するのが嫌な場合、人は惚けることでそれを回避することがあるのだろうか。六歳も年上の姉は今まで母親代りの面もあったが、俄《にわか》に夕子が姉を庇護しなければならない立場になったことの違和感は、実生活の能力を失った姉を、介護つきの老人ホームに入れるまで続いた。

すると今度は細井波江の長男が急死した。細井家は一男一女である。息子は学生時代、運動部にいて、大手の家具会社に勤めるセールスマンであった。つまり猛烈社員だったらしいのである。その年の秋、結婚の話も決まっていたのだが、波江が帰ってみると、風呂の中で死んでいた。もちろん外傷もなにもなく、穏やかな表情で眠っているようだったという。まだ三十歳の若さでも急性心不全ということがあるのだと夕子もショックだった。

母親の波江は半狂乱になり、自分が早く家に帰らなかったことをしきりに悔やむようになった。始終夕子の家に泣きながら電話をかけて来て、婚約者だった娘が「お母さんが早く帰って来ていたら、救えたかもしれない」と言ったとか、夢に息子が出て来て、「胸が苦しい。お母さん助けて」と叫んだとか、そういう話を繰り返した。夜になっても眠れないので、夜通し近所を歩いていたなどという話を延々と電話で夕子に喋り、なかなか愚痴話をやめなかった。大体こういう話には、何と言って慰めたらいいものかわからない。夕

子は疲れ切り、そのうちに電話のベルが鳴るのを聞くと、きっと波江に違いないと心で構えるか、わざと留守を装って出ないようになった。

玉代の方は、音沙汰なかったが、彼女の身辺にも変化がないわけではなかった。

あのがっしりした潮の香りの似合うような船乗りの夫は、間もなく船を降りていたが、数年前から肝硬変と言われていて、もう長くないらしい、という噂を、波江が例の長電話のついでに伝えて来たのである。

「あの人の子供さん、今どうしてる？」

文具店の店先で育った息子ももう二十歳を過ぎているはずであった。波江の方は、息子の事故があった今もクラス会の幹事をしているわけだから、同級生の動向を知らないわけはなかった。

波江によると、玉代の息子は関西の方の大学の工学部を出て、大手のゼネコンの大阪支店に勤務していた。向こうで出会った人と結婚して女の子も一人生れたが、なかなかこっちへは帰って来るチャンスもない、と玉代は話したのだという。噂はそんな程度だった。

今は誰もが息子夫婦と暮らしたいなどとは思わない時代になっている。親たちはいなくても、この町が父や母の懐代わりであった。舳島と赤い橋が見えれば、それだけで心の安定は得られる。潮の香りが流れて、こうるさいカモメがぎゃぁぎゃぁ鳴きわめいている海沿いの道を歩けば、人生の登場人物の変化はあっても心が慰められる部分がある。クラス

会の幹事をしている波江は、

「昨日も、玉代さんに市民病院の前で会ったの。ご主人のことは聞けないと思ってたら、向こうから『もう今日死んでもおかしくないんですよ。病人はまだ生きて家に帰るつもりでいますけど、骸骨みたいに痩せて腹水も溜まってるから、時間の問題でしょうね』って普通の調子で言うのよ」

と報告して来た。

昔からあの人は情緒欠損症だったんだ、と夕子は心の中で思っていた。他人に対しては身内の不幸さえも、できるだけ整理し、取り繕って喋ろうとする気持ちは誰にだってある。しかし玉代のその乾いた言い方が、夕子には再びおぞましく思い出されるのであった。

その頃、今にして思えば、夕子は玉代の一人息子の奇禍をテレビで見ていたのである。それは大阪のどこかのマンションで火事があり、取り残された妻と幼い娘を救おうとして、室内に戻った若い夫もまた焼死したという事件だった。よくある悲しい話であった。

妻子のために室内に戻って焼け死んだ人が、実は安木玉代のたった一人の息子だったということを知らせてくれたのも波江で、彼女は電話口で泣き出して、しばらくの間、言葉が途切れたままだった。

「もうご主人は意識がなくて、息子一家のことも知らなくて済んだみたいよ。彼女が大阪から帰った翌日息を引き取られたんだって。あの人もどこか不幸と影みたいに連れ添って

歩いているんだねえ」

細井波江は言った。

「葬式は大阪でやったのか、ここでやるのか知らないけど、私はとても行けない。あの人は、これで何もなくなっちゃったのね。息子も嫁も孫も何もかもいなくなって。何だか私自身がまたたまらなくなりそうだから」

波江は泣き続けた。

「私も行かない。何て言っていいかわからないもの」

夕子も言った。年に一度か二度、店の客として一言二言挨拶するくらいで、心の繋がりはないに等しかったし、もっと本音を言うと夕子はまだ安木玉代が嫌いなのであった。

一連の不幸の後しばらくして夕子が玉代の店の前を通りかかると、店は閉まっていた。今日が休みの日なのかと思うより、さすがの玉代も息子夫婦と孫と夫も失って、店を開ける元気もなくなったのか、と夕子は考えた。

それは海岸通りの道に、強い西風が吹き通る冬のことであったが、月日は経って、再び初夏が来ていた。その日も夕子が玉代の店の前を通りかかるとやはり店には人気がなかった。ただそのまま夕子が駅行きのバスに乗るために海岸通りのバス停に着くと、ベンチには玉代が腰掛けていた。眼が合ってしまったので知らん顔をして通り過ぎるわけにはいかなかった。

「今あなたのお店に行ったら、閉まってたから。この間もお休みだったけど、最近お店やめられたの？」

夕子は尋ねた。息子一家の死には、どう触れていいかわからなかった。

「いいえ、気が向けば開けてるのよ」

「じゃあ、今日は気が向かない日だったのね」

「ううん、これからちょっと出かけるの」

「そう」

「今日は午後から、皇太子妃の雅子さまが、もしかすると葉山の御用邸の外を、愛子さまとごいっしょにお散歩なさるかもしれないの。私、今、皇太子ご一家のおっかけやってるのよ。もし海岸でお会いできたら、いい写真が撮れるでしょ。こんなに晴れていい日だし」

「あなたが、そんなに皇室ファンだとは思わなかったわ」

夕子は仕方なく言った。

「昔からそうだったの？」

「ううん。実は息子一家が半年程前に焼死しちゃったのよ」

「それは後で、聞いたの。何てお悔やみ言ったらいいかわからなかった」

「ちょうどその頃、私テレビで、ご両親に手を引かれてよちよち歩きをしていらっしゃる

愛子さまを見たんですよ。両手をしっかり握りしめてもらっててほんとにかわいかった。それで、ああこんなに幸福なお子さんもあるんだな、って思ってとても感動したの。孫と同じくらいの年でしたしね」

「――」

「そしたら偶然、皇太子ご一家のおっかけやってる人と知り合ったの。その人が、ご一家の予定を皆知ってるのよ。公表されてないけど、多分海岸におでましになるだろうとかいうことまで、連絡してくれるの。ちょうどうちの亡くなった主人が形見に残してくれたちょっといいデジタル・カメラがあったんでね、私もご一家の写真を集めることにしたのよ。そういう日には店を閉めてでかけちゃうの。だからこのごろ閉めることが多くてね」

「そうだったの」

「だんだん、私も通になって来たのよ。雅子さまが、どんな真珠のブローチ持っていらっしゃるか。ハンドバッグは何色のどんなのがあるか。お靴もね。どんなヒールの高さのをご愛用か、大分覚えて来たしね」

「すごいわね。あなた皇室評論家ね」

「それほどじゃないけどね」

玉代は謙遜した。

「でも私は愛子さまのファンなんですよ。幸せな子供がいる、って思うだけで、何だか、

他の不幸も帳消しになるような気がするんですよ。両手でしっかりご両親の手を握って、安心し切って真ん中を歩いていらっしゃるでしょう」

玉代は決して「そうでない子もいるんですよ」とは言わなかった。

夕子はふと、自分の身の廻りで、人生の不幸をただの一言も嘆かなかったのは玉代だけだった、ような気がした。それは小さな勇気だったが、たぐい稀なもので、常に西風の強い海辺の風の中で静かに輝いていた。

バスはやがて舳島と赤い橋の見える向こうから時間通りにやって来た。

# 手紙を切る

朝から、四季野《しきの》は自分が着て行く服を考えていた。二十三歳の娘ならそんな情熱も自然だろうが、二十九歳になってもまだそうなのか、と思うと、少し気恥ずかしくもある。余所《よそ》行き風の服も一、二着ないわけではないし、「何しろ初恋の人に会うんだから」それがいいんじゃないだろうか、と自分に言い聞かせたが、着飾って行っても、話題と服が合わないとおかしなものだろう、という感じだった。

初恋とは言っても、まだ中学生の時である。相手の藍山修司は背が高くて、バスケットの選手で、成績もよく、自転車で学校に通って来る姿もさっそうとしていた。つまり典型的なスター的存在だったのだ。そして四季野の心を引いたのは、彼がめったに笑わないからでもあった。四季野はよく笑っている。笑っている人間はばかで、笑わない人は考え深い、ように思えてならなかった。

一方的な初恋で、四季野は毎日毎日藍山修司のことを考えていたが、表向きは何事もなく終った。高校は別々であった。修司は男子だけの進学校に入った。ラグビーに熱心だ、

という噂が伝わって来た。その学校は、勉強だけでなくスポーツもしなければならないのである。「文武両道なんだね」と母が言った時、四季野はブンブリョウドウの意味がわからなかった。

四季野は女子大と繋がっている高校に入ってやれやれと肩の荷を下ろした。どだい学問が好きではないのだが、学校という所は友だちがいて楽しいから、何とかして大学までは行きたいと思っていた。

大学では新しくできた国際情報科という科を選んで、それなりに英語と、第二外国語に選んだフランス語を勉強した。語学は好きな方の科目だったが、卒業したら新聞社に採用されて特派員になりたいとか、航空会社に入って外国へ行きたいとかいう夢もなかった。理由はないが、多分入社試験に落ちるだろう、と確信していたのである。

四季野は結局、国際情報科の学問とは全く何の関係もない職場に就職した。四季野の郷里では一応名前の通ったスーパーの人事課である。そこでは四季野は無遅刻無欠勤で働いたが、それは自宅から職場まで自転車通勤ができたからである。

このスーパーのいいところは、社長がボランティア活動に熱心なことであった。浜辺の清掃や、老人ホームの花壇作りや、雑木林に侵入した孟宗竹を切る作業など、したいといえばあまり厳しくいわずに時間をやりくりして社員を送り出してくれる。もちろんそういう姿勢で、社の印象をよくし、売り上げを伸ばしたいという程度には不純であったろう。

四季野自身は老人ホームの花壇作りではなく、襁褓《おむつ》畳みのボランティアをかって出た。

老人ホームは、カトリックの修道院が経営しているものだった。初め四季野は、修道女という人はすべて頭のいい秀才ばかりだと思いこんで堅くなっていたが、少しつき合ってみると中には少しとろい人もいた。襁褓を管理する係のシスターは、すぐ数を数え損ったり、置き場を間違ったりする。襁褓を持ったまま誰かとお喋りを始めると、どこにでも襁褓をおいて来てしまうのである。或る日などは、花壇の端のごみ箱の蓋の上に襁褓の山が置かれていたこともある。それを娘のような四季野に注意されても、「あれれぇ、ごめんなさいねぇ。あなたに見つけてもらって助かったわ」と満面に笑みを湛えて礼を言うのである。

初め四季野は彼女の仕事ぶりのいい加減さに腹を立てることもあったが、次第にその人の果している役割がわかるようになった。

老人ホームの仕事の一つは、口をへの字に曲げてほとんど喋らなくなったような入所者に声を掛けることであった。一時四季野はこの老人たちは、ずっと社会を恨んでいるのではないか、と思ったこともある。彼らにとって最高の御馳走と薬は会話なのだが、それが不足しているのである。四季野にしたところで、あまりにも年の違う人たちと何を喋ったらいいかわからない。

とろい人だと思ったシスターの、そのとろさが、実は入所者たちとの会話のいい味付け

なのだと、四季野は次第にわかるようになった。清潔な繦褓が、必要なだけいつも決まった場所にあることも大切だが、老人たちが重い口を開き、機嫌よくしていてくれるということも経営上大事だった。

　とろいシスターは誰にも分け隔てなかった。清水渓子という五十代半ばの修道女が、実は胃癌をわずらって手術した後なのに、半年後には、中央アフリカの元いた国へ帰任して、首都から五百キロも奥にある診療所を再開したいと言っていることを教えてくれたのも彼女だった。

「だけど私は心配なのよ。患者はたくさん来るでしょう。日本と違ってお産する人は一晩に何人もいるって言うし、殊に満月の晩には、普通の日の倍くらいの人数の赤ちゃんが生れるんですって」

　彼女は眼を細めて言った。

「せめて誰か手伝いをしてくれる人でもあればいいんだけど、彼女は自分用のご飯を作る時間も働いてしまう人なのよ。それに向こうの人たちって呑気で、やらなきゃいけないことも忘れて平気らしいから」

　自分のことは棚に上げて、と四季野は彼女の言葉に引っかかっていた。

「今、その診療所はどうしてるんですか？」

　と四季野は尋ねた。

「うちの修道会のフィリピン人のシスターが見てるらしいんだけど、その人も年だから参っているんですって」

どこの修道院でも、修道女のなり手が減って、高年齢化は確実に進んでいる。

「ドクターは外から入っていないんですか」

四季野は尋ねた。

「私も話を聞いたり、写真を見せられたりしただけなんだけど、そんなまともな医療施設じゃないらしいわよ」

その日から四季野は時々、その診療所のことを考えるようになった。シスター清水渓子はきりきり頭の廻る看護婦で、四季野は間もなく個人的にも彼女と口をきくようになった。

「私、できればそういうところで、何かお手伝いしたいです」

と四季野は言った。

「でも私は何の資格もありませんから、行っても足手まといでしょうけど」

「あなたには手伝ってもらうことはたくさんあるけど、修道院は貧乏でお給料を出せないのよ。患者さんたちだって、五十円百円くらいの単位のお金なら診療費として払うけど、その程度のお金じゃ私たちの方も薬がやっとまかなえるかどうかでしょう。それも収穫の時まで支払いは待ってくれっていう人もたくさんいるのよ」

「私、これで学校を出てから五年近く働きました。貯金も少しできました。ですからお給

料も要りません。旅費も安い切符を見つけて自分で買って行きます。雑役をしますからおいていただけませんか？」

「いいわよ。でも村には電気も水道もないの。日曜日に市はたつけど、普段はお店一軒ないし、夜は急患がいなければ八時になると発電機が停るから、まあ寝る他はないのよ。ランプの灯で本を読むのは眼が疲れて、私の年になるとできなくなってるの。若い人にそんな暮らしが耐えられるかしら」

「私、やってみたいんです」

それで決まったわけではなかった。一時の情熱であの国へ来ることはいいけれど、仕事をするなら、少なくとも二年はいてほしい。それから帰った後の職をどうするのか。何とかなるだろう、ということでは無責任だろうから、行き先を決めてからいらっしゃい、とシスター清水ははっきりと言った。

四季野は何ごとでもエンジンがかかるまでに時間がかかる性格である。しかしシスター清水の話を聞いているうちにどうしても青春の二年間を、アフリカで過ごしたくなった。下心ができると、忘れかけているフランス語を教えてくれる語学学校に通うことにした。

親に相談するより先に、四季野はボランティア好きの社長の所に直談判に行った。休職扱いにして二年経ったら復職させてもらえないか、と言いに行ったのである。

「そん時の景気にもよるけどな。今くらいやったら馴れてるあんたの方がいいかもしらん。

約束はせんけど、考えるわ」

「すみません」

「金はあるのか？」

「出してくださるんですか？」

四季野が言うと、社長は一言「ばか」と言い、それから背中を向けて、「無事に帰って来いや」と言った。さらに小心者らしく「交代の人のこともあるからな。連絡をようしてな。勝手な時期に行かんようにな」とくどくどと付け加えた。

シスター清水より約五カ月遅れて、四季野は一人で目的地に向かった。父も母もすぐに賛成はしなかった。父が「つまり二年間ただ働きをするんだな」と言うと、母が「ボランティアと言うんですよ」と取りなし、四季野は「でも食費はいらないんよ。うちも二年間、食費が安くなるよ」と利点をあげた。

一人でアフリカまで行くのは、やはり勇気の要ることだった。しかし幸運なことに、パリまでの飛行機の中で四季野の隣に坐った日本人の男性が、四季野と同じ便でアフリカに行くことがわかった。四季野は思わず「わぁ、よかった！　パリの空港でどういうふうに乗り換えるのかとっても心配だったんです。いっしょに連れてってください」と手を叩いて男を慌てさせた。もっとも二人の最終目的地は同じではなかった。四季野の降りる町で給油して、飛行機はもう一つ南の国まで飛ぶのである。男の行く先はそこであった。

シスター清水の待つはずの空港で、飛行機が高度を下げた時、四季野は窓ガラスに鼻をつけんばかりに顔を寄せて外を覗いた。赤い土にまばらな緑が生えている。バナナも多い。所々に赤い土煙が渦を巻いている。点在する家はほとんどトタン屋根で、ペンキも何も塗っていないので、キラキラと陽に輝いて眩しいほどである。どうしてペンキを塗らないのだろう、と四季野は不思議でならなかった。

同行してくれた男には丁寧に礼を言った。また日本でお会いしましょう、と当てのない約束もした。

空港からすぐ四季野はシスター清水の運転する小型のピックアップで約九時間の旅をした。昼ご飯はシスター清水がフランスパンのお腹を開けて中にジャムを塗ったものを用意しておいてくれたので、木陰に車を止めて食べ、ボトルの水を飲んだ。長さ五十センチほどのフランスパンを、四季野は空腹だったので全部食べてしまい、日本ではこんなにたくさん食べたことがないのに、と不思議だった。

最後の二時間は時速二十キロしか出ない悪路になった。ちょうど乾期だったので泥濘《ぬかるみ》は干上がっていたが、車の轍《わだち》が五十センチくらいの深さに固まっていて、車高の高いピックアップでなければ、とうてい走れない道だった。車の荷台には泥道に摑まった時の用意にスコップが積んである。フロントグラスに積もった赤茶けた埃を、シスター清水は時々ワイパーを動かして払いのけた。

ようやく到着した修道院と診療所は隣合わせで、放し飼いにされた痩せた鶏が歩き廻る崖の道を下りて行けば、一分もかからなかった。診察室の外のトタン屋根の下が、患者たちの待合室になっていた。時々猿が出るという。シュワイツアー博士のいたランバレネとはこんな所かと思った。

四季野はシスターたちの居住区の端に一部屋を与えられた。土間に洗面台、ドアのよく閉まらない洋服箪笥。ベッドの上には木で枠が作ってあり、そこに蚊帳が吊られていた。ここは一応マラリア地帯なのだが、高度が高くて気温が低いので、他の低地ほど病気にかかる人は多くはない。マラリア蚊に食われても発病せずに済む方法は、過労を避けることだけで「とにかく夜は早く眠るのよ」とシスター清水は言ったが、自家発電が消える八時以後には、眠る以外することも思いつかなかった。

四季野は意外に易々と、この新しい生活に馴れた。夜の闇は瞼に粘りつくほど濃い。ソーラーの温水器はあるにはあるのだが、夜遅くシャワーを浴びようとすれば、もう日向水程度の温かさしか残っていなかった。シャワー室そのものにも電気がないので、ランプを隣のシャワー室との間の厚い土壁の上に置いた。シャワーの装置も手作りだった。シャケの缶詰の底に丹念に錐でたくさんの穴を開けた所にホースの水を受けて、そのこぼれ水がぼしゃぼしゃと不規則に落ちて来るので体を洗うだけである。

しかし四季野は、月明の夜にはランプなしでもシャワー室に辿りつき、小さな高窓から

夜空にぶちまけた砂利のような盛大な星群を眺めつつ水浴をする楽しみも覚えた。この水は、三百メートルほど高い所に建っている大司教館の水槽の水を使わせてもらっている。いわば庶民の暮らしからは飛び抜けたぜいたくである。

患者はあらゆる病気を持ってやって来た。下痢、マラリア、結核、皮膚病、トラホーム、ヘルニア、突き眼、砂蚤などであった。砂蚤は病気ではないが、土中にいる蚤が裸足で歩く人の足の爪の間に卵を生む。卵は針で取り出すが、生きた虫がいる時は皮膚の上に直接殺虫剤をぶっ掛ける。それが一番駆除する早道だ、とフィリピン人看護婦のシスターは言うのである。

この国は、主要産物であるコーヒー豆の値段が暴落したので、経済的な危機に陥っていた。石鹸がない。紙がない。ビンもない。乳児用ミルクもない。ないものを数えると多過ぎるので、或る時四季野はあるものを数えることにした。時間、空を流れる星、木々、バナナ、路傍のコスモス、トンボ、闇を十文字に飛び交うおびただしい蛍、その蛍を真似しているように夜の大空を光りながら飛ぶ人工衛星、お墓、呪術師などである。

四季野は文字通り、雑用をかって出た。

二台ある未熟児用保育器の一台はサーモスタットが壊れかかっているので、時々人間が見廻らないと、赤ん坊は蒸し焼きになるほど熱い空気の中におかれる危険がある。考えてもおそろしいことだが、この国では誰もそのことでノイローゼにはならない。

初め四季野は、シスター清水の診療所の掃除以上の手伝いをすることは、何の資格もない自分がしてはならないことではないか、と考えていた。つまり医師法違反ではないかと思ったのである。しかしこの遠い田舎では、どんな方法であれ、人々は生き延びられればそれでいいのであった。だから四季野が薬を渡したり、赤ん坊にミルクを吞ませたり、シスター清水の口述するカルテに必要事項を書き込む仕事をしても誰も文句は言わない。病名三十種類、痛みとかだるさとか痒みとか、そう言った主訴も十種類くらいで多くの場合事足りるのだから、専門の医学用語も何とか覚えられる。他に初診で必ず聞く項目は「妻の数」であった。カトリックでも妻の数は三人という人もいた。夫のＨＩＶが陽性なら、三人の妻の恐らく全員が感染している。今は若く張り切った四肢を持つ愛らしい十七、八歳の妻も、数年のうちには死亡するだろうと予測する他はなかった。何しろここには、そうしたエイズの発症を防ぐ薬はどこにもなかったし、誰も買える人はなかった。

四季野はおかしな情熱に取りつかれた。何でも捨てないでおく癖がついたのだ。プラスチックの水壜は貴重品である。紐の切れっ端、輪ゴム、発泡スチロールの菓子箱、何でも取っておく。

一度日本から持って来た袋入りのインスタント・ラーメンの袋を、四季野は無造作に捨てたことがあった。数日後、母親に連れて来られた赤ん坊の胸に何か見覚えのある色と文字を見て、四季野は煩悶した。それは四季野が捨てたインスタント・ラーメンの袋で、母

親がそれに紐をつけて子供の涎掛けに使っていたのである。

小さな空きビン、要らなくなった書類、箱類、包装紙、クリップ、鉛筆削り、化粧石鹸の小さなかけら、新聞紙、古雑誌。ほとんど工業らしい工業のないこの国では、これらはすべて、貴重な工業生産品である。一度使えても二度と使えない黒い薄いビニール袋なら、掃除をしない町々の四つ角で、何百枚何千枚が永遠に風化せず風に舞い上がっているが、しっかりした厚手のビニール袋は身辺のどこを探してもないのである。

貧しい患者たちは、診療所に来るのにお金はもちろん何一つ持っていなかった。バス代もないから、十キロくらいの道程は子供をおんぶして歩いて来る。彼らは手提げ袋もハンカチも持っていない。帰りにもらう薬を入れる袋もポケットもない。診療所で包んで与えなければ、錠剤は手に握りしめて帰る。家に帰り着くまでに糖衣やカプセルの部分が融けそうでもあったが、四季野は考えないことにした。日本の暮らしでは要らない紙が身の廻りに溢れているが、社会が貧困になると、不要な紙すらなくなるのである。

仕事は結構忙しかった。貧困な社会の小さな診療所でも、月に百人近くの赤ん坊は生れる。満月の晩にはたくさん生れるという話も本当だった。理由は分からない事実、ということがあるのを、四季野はここで始めて知った。こういうことは学校でも教わらなかった認識の方法である。日本の学校では、すぐ「その理由を述べよ」と言われるが、ここでは誰もそんな無駄なことはしない。

着いて半年ほどして、藍山修司から手紙が来た時には、四季野はびっくりして眼を疑った。手紙には、クラス会に出て四季野がアフリカに行ったことを聞いた。マラリアもある土地だというのに、勇気がある人だと思って感心した。電話をかけるかEメールを送ろうとしたけれど、通信手段がないところだと聞いたので、手紙を出す。

自分は商社に入って、今はアフリカ課にいる。君がそちらで知ったこと、苦労したことなど、帰ったら話してもらいたい。きっとこれからのビジネスの上で参考になると思う、と書いてあった。

この田舎まで手紙を配達するような組織は、この国にはなかった。首都にある修道会本部に届けられたものを一月に一回程度、集めて幸便を見つけて届けてくれるだけである。今まで彼の眼中に自分の存在はない、と思っていた四季野は、彼から手紙をもらうとは思ってもいなかった。四季野は嬉しさの余り、修道院の中で一番若いアフリカ人のシスターにうちあけると、

「あら、彼はあなたの返事に貼られるこの国の切手がほしいんじゃない？」

と言う。思わず、

「この国の切手なんて印刷は悪いし、そんなに芸術的じゃないじゃないの」

と言い返すと、

「だってこの国には商売に来る人も少ないし、この国では手紙を書ける人があんまりいな

いし、出す相手もないから、この国の切手は珍しくて貴重なんだって」

とあっけらかんとしている。

四季野は藍山修司の手紙を何回読み直したかしれない。それは航空便用の薄い便箋ではなく、会社のレターヘッドの入った便箋二枚に手書きで書かれたものだったので四季野はいっそう嬉しさが身にしみた。

四季野はシスター清水の口述したカルテを書き取ることだけでなく、病棟に薬を配ったり、入院患者の熱を計ったり、外来の診察室の膿盆の中身を捨ててきれいに洗ったり、新生児の目方を計って記入したり、今だにそのまま恐ろしい凶器になりうる温度調節装置の効かない未熟児用の保育器の温度をチェックしたり、ほとんどあらゆる雑用を果たした。ミサの時にはオルガンも弾いた。この国のシスターたちに任せておくと、グレゴリアンのミサ曲とはおよそ縁のない太鼓ミサばかりになるので、たまにはメンデルスゾーンやグノーのアベマリアも聴きたいとシスター清水が言ったからである。

しかし周囲の貧しさには時々、無性に腹が立った。奥さんがお産をしても、家族は産婦に飲ませる砂糖入りのお湯さえ作ってやれないことがある。砂糖の手持ちがないのである。お産を済ませた母親たちは自分で編んだ毛糸の小さなおくるみで赤ん坊をくるくる巻きにしてベッドに寝かせているが、その部屋はいつもおしっこの臭いが濃厚に立ち込めていた。大便は仕方がないが、おしっこで濡れた襁褓をいちいち洗うという発想は母親たちにない

から、ただ濡れたらその辺に吊るして乾かすことしかしないのである。それでも襁褓を使うだけましで、土地の習慣では、赤ん坊は腰から下はむき出しにしておいて、出たものは抱いたりおぶったりしている母親の腰巻きが吸収して終わりなのである。

修道院でも、シーツの洗濯は水量の少ない川の淀みに持って行って、石の上に叩きつけ、野球のボールのように固めた丸い灰を擦《こす》りつけ、灰汁《あく》で洗うだけである。このボール型の灰はマーケットで売っていた。四季野は、自分用の洗濯物だけ日本からもって来ていたわずかな石鹸で部屋の洗面台で洗っていた。手持ちの石鹸がなくなる頃には、日本に帰れるだろう、と卑怯な計算をしていた。

国中に純白に近いものが見えないということに四季野は疲れるような気がした。そんな時、真っ白な便箋に書かれた藍山修司の手紙を見ると、心が和んだ。日本に帰ったら純白という色を思う存分見よう、と決心した。桜が見たいでしょうとか、モミジの頃には帰って来てください、とか言う日本からの手紙の中には、優しい情緒が含まれている。しかし四季野は「白」に包まれることを夢見ていた。白いシーツ、真っ白いシャツブラウス、白い封筒、白いナプキン、真っ白いパン。

しかしこの土地の人々にも、元気のいい修道女たちにも、自然な生気が漲っていた。不潔でも死なない。子供は死んでもまた生れる。裸足でも歩ける。「お母さんのあなたにはお薬は四粒よ。子供には半分の二粒よ。いいこと？　ちゃんと覚えていてね」と薬を渡そ

うとすると、「来週また来ます」と言う。

「あなたのうちはどこなの？」

細い声で答える地名はもちろんシスター清水にも四季野にもわからなかった。傍にいる土地のシスターの解説では、約十キロ、二時間あれば歩いてこられるという。往復になると二十キロである。しかしつまりこの母は、四粒ということが記憶できるかどうかも自信がなかったし、ましてや四粒の半分が二粒だということを理解することもできなかった。だからここまで来て飲ませてもらう方が安心なのだ。

自然におかれた状態に甘んじて逆らわない。生きて行くだけの必要なものは、何とか与えられている。だから生きてこられたのだ。このことを、壮大な天の川の下、あたりには蛍の飛び交う闇の中で、四季野は発見したのだ。

ちょうどその頃であった。いつのまにか薬を出す役は四季野の仕事になっていた。

薬を包む紙は、フランスの修道会本部が送って来た会議の資料とか、古い雑誌のページとかを、夜になると年寄りの修道女がランプの光で切って作っておいてくれたものだった。ヨーロッパから何カ月遅れかで届けられて来る週刊誌は、更に三カ月経ってみんなが読み廻し終ると、すべてのページはばらされて包装紙になる。雑誌に対しては「骨までしゃぶる」という表現はないだろうが、まさにそんな感じであった。でも最近、その年寄りのシスターは体調を崩して、包装紙作りの作業がほとんどできなくなっていた。

ある日、四季野は指示された薬の粒を数えて紙に包んでいた。包を患者に渡す時は、軽く放り出すようにする。それは無礼なのではなく、四季野にせよシスター清水にせよ、この土地では外国人は皆「悪魔の眼」を持っていると信じられているから、直接手渡すことによって悪霊自体がうつった、と言われることを防ぐためであった。

数人の人への投薬をしながら、四季野はついに包装紙が底をついたことを知った。四季野は、シスター清水に声をかけた。

「薬の包装紙がなくなったんですけど……どれか切って使っていい紙はありませんか」

「そうねえ、この辺にはないけど、誰かに聞いてみて」

つまりシスター清水にも、切って使っていい無駄紙の存在がすぐには思い浮かばないのであった。四季野はいつもよく相談に乗ってくれるアンジェリカというシスターのところに行った。

「ねえシスター、どこかに新聞紙か何かないかしら」

「新聞は、パリから来るけどね」

冗談か本気かわからなかった。

「古い手紙か何かない？　シスターが昔に書いたラブレターの書き崩しは取ってない？」

四季野はそれくらいのフランス語は言えるようになっていた。全く最近の若い娘は手に負えないよ、という調子でアンジェリカは両手を上げて肩をすくめて笑った。

四季野は今は自分が占拠している足ががたがたで傷だらけの机の所に戻った。ここでの四季野の生活にはティッシュペーパーもどこかの会社がただでくれるメモ用紙もなかった。トイレットペーパーもないと言うわけではないが、高いし、いつでもマーケットで売っているというわけではないから、たいていの場合は水処理で済ませている。

四季野はベルトにつけた鍵を取り出して机の引き出しを開けてみた。日記代りのノートも、日本ならいくらでもページを割いて包装紙代りに使う気になる。しかしこの村ではノートがなくなれば、代りはすぐには買えない。

四季野はちょっと考えてから藍山修司の手紙を手にした。便箋は二枚。一枚を四枚に切れば、八人分の薬を包める。封筒でまた二人分か四人分。

修司からの手紙を切る時、不思議と心が痛まなかった。四季野は修道女でもないのだから、この村の人たちにそれほどの誠意を見せる必要もない。しかし四季野は、生きることを優先するのを自然だと感じるようになっていた。四つ切りにされた好意の証の手紙の上に錠剤を置くと、修司の字を見つめながら四季野はきっちりと薬を包み、「落とさないでね」と子供を背負った女に注意した。それから半年ほどして四季野は日本に帰って来たのだ。

藍山修司は帰省中だった。というかこの地方に出張の仕事があったので、日曜日の休み

を振り替えて家に帰るので、その時三十分でいいから会えないか、と言って来たのである。

四季野は、駅前のビルにできたこぎれいな喫茶店に入った。五分前だったのに、修司はいて、四季野の顔を見ると立ち上がって迎えた。

「帰って来てもう落ちついた？」

「いいえまだ、時差が残っていますけど」

「よく頑張ったね」

「だって土地の人は平気で一生生きてるのよ」

「それはそうだけど。マラリア、恐かっただろう？」

「そうねえ、でも私は罹らなかったの。なぜかわからないけど。シスターたちは、次々にやられたのに、私は鈍感なのね」

そう言ってから、四季野はやっと言うべき言葉を思い出した。

「お手紙ありがとうございました」

「二通出したんだけど、着いた？」

「一通だけ」

「そう。二通書いたんだけどね」

「ごめんなさいね。じゃ、ご返事しなかったことになるわね」

「いや、それはいいんだけど」

二人は同時に、多分別々の意味で「もったいない」と思っていそうだった。修司は自分が書いてやった内容が届かなかったことを、そして四季野自身は、現実的な自分が、一瞬にもせよ十二人分の包装紙が着かなかったことを惜しんだのではないか、と恐れた。

「君が石鹼がない話を書いて来てくれたから、実は石鹼を送ろうと思って相談の手紙だったんだ」

「ありがとうございます。でも多分届かないと思うわ」

「どうして？」

「いろんな人が盗むから。税関とか、配達の人とか」

「書き留めにすれば？」

「書き留めにしたたって同じことよ。クレームつけたってそんなもの日本から荷物が来ていない、と言い張れば、それで終わりよ。取った人の勝ち、の国なのよ。貧乏ってそういうもんでしょう」

「でもそれは泥棒だぜ」

「泥棒も恵むの。盗んだ人は石鹼を自分一人で使ったりしないから、売ってお金は少しずつ皆に分けるの。未亡人の姉とか、男に捨てられた従姉とか、体中痛がる叔母さんが呪術師に行く費用にするのよ」

「むちゃくちゃだね」

「でも、むちゃくちゃで生きて来たのよ、あそこの人たちは。むちゃくちゃも一つの生き方だから」

四季野は修司との間の深淵を見た思いだったが、気をとりなおして言った。

「今日はおいしいコーヒー御馳走してくださるんでしょう？」

「あの国はコーヒーの産地だろう？」

「ええ、でも上等品は皆、日本や他の国に輸出するから、シスターたちは裏庭に生えてるレモングラスを飲むの。生き生きしてて色がきれいな貧乏人のお茶よ」

# 小説の作り方

私は社交が好きでないので、小説家になった。こう言うと、私と一、二回会っただけの人は「嘘でしょう」という。私はむしろ人づきあいがいい性格に見えるというのである。

哲学者の言う「本物の人嫌い」という観念を、私はおぼろげにしか知らない。ただ私が何についても一部では妥協的な性格だということは本当だ。だから、私は基本的にはどの会合にも出席しないのだが、年に一、二度は、大勢の人の集まる席に出ることもある。三年に一、二度は、新宿の飲み屋にも誘われると断らない。そんな時に私にぱったりと出会う人は、ぎょっとして立ち止まり、「ほんとにあなたなの？　あ、やっぱりそうだ。ちゃんと足があるもんね」とお化け扱いにすることもあるくらいだったのである。

私が会合を避けたい気分になる理由は簡単なものであった。私は子供の時からひどい近視だったので、今までに何度か会ったはずの人の顔でも覚えられなかったのである。私は長い時間まともに正面から相手を見つめているか、それともひどく特徴のある人しか記憶できなかった。そして当然よく知っているべき人にさえ初対面の挨拶をして、相手の心を

傷つけることもわかっていたので、私は、家に閉じこもって誰とも会わないでいることが、何より楽だと感じる癖がついていた。

その夜珍しく出席した誕生日のパーティの主人公が誰であったか、固有名詞は別に必要ないだろう。私はその人が実は癌を病んでいることを知っていた。家族は病人に隠しているつもりだったが、誕生日の直前になって、その人は「自分のために祝われる集まりとしては、これが最後のものだろう」と夫人に言ったというのである。夫人は私と同窓であった。最後の誕生祝いだというので、私は出席することにしたのである。

その集まりは都内で行われたが、都心ではなく、ここ十年ほどの間に開発が進んだ臨海副都心と呼ばれる東京湾の埋め立て地に新しくできたホテルで開かれた。

この土地は、青島幸男氏が都知事になるとこの区域で行われるはずだった世界都市博覧会に中止命令を出して、けっこうな騒ぎになった曰《いわ》くつきの場所である。一時は計画自体も全く宙に浮いたかに見えたが、「ゆりかもめ」と呼ばれる電車も臨海高速鉄道も建設は進んでいた。その頃の年鑑の中には「しかし(都知事のこの決断により)都市基盤の完成年度を当初の二〇〇三年から二〇一三年に十年間延ばさざるを得なくなった」などと記載しているものもあるが、現実は素人眼には二〇〇三年を待たずして地域一帯は開発され、東京の新名所になり、このホテルもできて食事時にはテーブルの空くのを待たねばならないほどの人気スポットになっていた。庶民はこの土地の開発を軽薄に歓迎していたのだろ

う。そしてそうした庶民の欲望というものは理想を前面に打ち出した政治的理念より強い、というのが私の印象であった。

その宴会場には珍しく海に面した大テラスもあったのだが、もちろんそんなことは会場に到着したばかりの私にはわからなかった。私はただ大広間を埋め尽くした男たちの背中が見えるだけでもう気後《きおく》れして、やはり今日ここへ来たのは間違いだった、と早くも後悔し始めていたのである。

それから私は人込みの中を歩きながら、私なりに必死だったと言ってもいい。はっきりとわかる知人があるとほっとし、誰だか名前と顔は完全に一致しなくても、いつかどこかの出版社で挨拶をした人に違いないと思えれば、それにも安心していた。

会合には政治家もいた。テレビで見たことのある人の顔だとは思えたが、名前はわからない人も多かった。私はできるだけそういう人を避けて今日の主人公にお祝いを言うために彼と夫人の元に辿り着こうとしていたが、中には途中で私を引き止めて、傍《そば》にいる人に紹介してくれる人もいた。

或る総理経験者は、私に「やあ、お久しぶり」と挨拶したが、それは決して正しい人間関係を表してはいなかった。当然のことだが、私は元総理をテレビでお見かけするだけで、「ご挨拶をしたこともない」関係であった。しかし恐らくそれは政治家と呼ばれる人たちが立場と体験から割り出した苦心の優しさなのだろう、と思えた。庶民は、総理や元総理

にどこかで会ってお辞儀をすれば、そのことをほとんど忘れない。それなのに、総理や元総理が二度目に会った時「初めまして」と言ったら、「やはり総理は自分のことなんか覚えていてもくれなかったんだろう」と傷つく人もいるのだろう。だから「自分はあなたを覚えていますよ」という代わりに、誰だかよくわからない相手に対しても「やあ、お久しぶり」と言うことに決めたのだろう、と私は政治家の一面を見た気がした。

私は人の波を少しずつ乗り越えて、やっと今日の主人公の元へ辿り着いた。病いなど少しも感じさせないいい表情だった。これなら、もしかすると癌そのものも治ってしまうかもしれない、と私は心から明るい気分になった。癌というのはルールのない病気である。

それから私はボーイさんにむりやりのように乾杯用のウーロン茶のグラスを押しつけられ、そこでもたもたしている間に、更に数人、いや、十数人と挨拶し、お辞儀をし、喋ることになった。

その渦から逃れると、今度は私は車椅子に乗った老婦人とぶつかった。人込みの中に自家用車を乗り入れたように、その車椅子はゆっくりと威厳をもって、人々をかき分けながら進んで来たのである。

老婦人は白髪だったが、短い髪をきれいにウェーヴをつけてまとめ、品のいい濃紺の絹の服に、精巧な細工のダイヤのブローチをつけて、端然と車椅子に坐っていた。その人だけは、私にはすぐにわかった。彼女は、財界で有名な大会社の二代前の社長の夫人で何度

か会ってお喋りをしたこともある。夫という人は昨年亡くなった。その後片づけをしている最中に、彼女自身も足を骨折して動けなくなり「弱り目に祟り目よ、って言っていらっしゃるわ」と噂している人もいたが、そのような災難が重複することは、私たちくらいの老年代には共通した危機であり、運命だったから、私は特に気にもしていなかったのであった。

私はその老婦人の顔の近くに身を屈《かが》めて、

「覚えていらっしゃいますか?」

と名を名乗った。

「覚えてますよ。お元気そうでよかったわ」

婦人は言い、少し後を振り返って車椅子を押している男を顎でしゃくるようにして、

「私の下の息子ですのよ。建築屋なの。あなた、そちらの方面にお詳しいんですってね。息子がよく、そう言ってます」

と紹介したので、私はまず恥じ入った。

「いいえ、建築なんてまるっきりわかりません。昔、ダムの小説を書いたことがあるものですから、土木だけは、専門家の方たちのお話を理解できる程度になってるだけです」

その間に私は、背の高い四十代半ばの「下の息子」から名刺をもらったのだが、実はこれも乱視と老眼のために、眼鏡を出さない限り読めないまま、すぐに私はハンドバッグに

仕舞い込んだのであった。

「このホテル、彼が作ったのよ。だからよく見て行ってやって頂けない？」

老婦人は言った。

「私が一人で作ったようなことを言うので、困りますが……」

と相手は後半の言葉を飲み込んで笑った。

その時、

「おやおやおや、珍しい美人のおでましだね。よく出て来てくれたね、今日は」

と車椅子に向かって近寄って来る老紳士がいた。この人のことも、私はどこかで見たことのある顔だと思ったのだが、名前は思い出せなかった。

「ありがとうございます。もう私なんか来ると人手がかかってお邪魔だと思ったんだけど、お祝いごとだから連れて来てもらいましたの」

「嬉しいね。少し僕に車椅子押させてよ。あんたが来ると喜ぶ人がたくさんいるよ。僕はダンスはやらないけど、ダンスのお相手を申し込むような気分になってるから、お母さんを少し貸してよ」

「ありがとうございます。そんなことをお願いしてよろしいんでしょうか」

中年の息子は言った。

「いいんだよ、いいんだよ」

「私がずっとついておりますから」

「いや、そんなことしなくていいよ、君。三十分経ったら入り口に来てください。この人込みじゃ、探すのも大変だから」

「それでよろしいんでしょうか」

気さくな老年に私は好感を持った。日本人の高齢の男性で、自分から車椅子を押してこの美老女を人々の間に連れて行こうと言う人は珍しいからであった。

息子という人が一瞬手持ちぶさたにしていたので、私は彼に言った。

「どこの会社がこのホテルをお建てになったか、考えてもみませんでしたけど、ご自分がお手掛けになった建物をごらんになるのはおもしろいでしょうね」

「まあ、建築は一部で、魂を入れて頂くのはお使いになる方次第ということになっておりますので」

相手は控え目に言った。

ほんとうは私は、少し別のことを考えていたのである。それは、建てた人は多分、現在の使われ方に決して満足してはいないだろう、ということであった。家具の置き方からそこを使う人間の神経の粗雑さまで、恐らくは建築を手掛けた人はがっかりしているのが本当だろう。

「実はこの部屋の外に、ちょっと広々とした海の見えるテラスがあるのですが、ごらんく

ださいますか」

　と彼は言った。

「それは知りませんでした」

「普通は窓をできるだけ海に近づけたいというのが建主の希望なんですが、ここでは春から夏にかけて戸外の食事もできるようになっているものですから、珍しくテラスに面積を割いています」

　宴会場に入る手前に、そう思ってみれば広いドアがあり、そこからもテラスに出られるようになっていて、私は人込みから逃れられたことにほっとしていた。

「このホテルだけ、立地条件がよくて、建物と海との間に道がありません。それでかなりぜいたくな設計ができました」

　海はすぐそこに生きて、息をしていた。少なくともその時私はそう感じた。海は港の灯火を映し、それを揺らしていた。数人の客たちが、人いきれのする会場にいるよりは、このぜいたくな夜景を見ていたいと思ったらしく、私たちと同じようにテラスに出て来ていたが、テラスは広かったので、お互いが相手の会話を聞き取れるほど近くにはいなかった。

「お母さまは、もう八十にはおなりでしょうに、お元気ですね」

「いいえ、昨年、父を亡くして、それから間もなく足を折りました。それ以来すっかり年を取ってしまいまして」

「いいえ、そんなことはありません。髪をきれいにして、装身具をきちんとつけておしゃれをしていらっしゃる。それをできるうちは女も年を取ってはいないんですよ」

「そうでしょうか」

「私はお父さまとも、二度ほど、会合や座談会でお話ししたことがあります。温かいお心遣いをなさって、端正で内容の濃い日本語をお話しになる方でしたね」

「父は本当に最高の人でした。私もああいう人になりたいと思うのですが……」

私はその時、微かな違和感を覚えた。もし私がもう少し世間的に人間ができていたら、私はその時の心の揺らぎのようなものを、匂わせもしなかっただろう。しかし私は長い間、無細工なまでに自分の心に浮かんだことをすぐに掬《すく》い上げることを習慣にして生きて来たので、その思いを相手に隠せなかったのだろうと思う。私はほの暗いテラスの明かりの中で、息子の顔を見ながら言った。

「お父さまはうちでは怖い方でしたの？」

「いいえ、どうしてそうお思いになるんですか？　家でも私たち家族の気分を、いつも見ていてくれるような包容力のある人でしたが……」

「いいえ、あなたが、他人行儀なまでにお父さまを褒められるんでびっくりしたんです。私など家族のことを喋る時は、めちゃくちゃです。礼儀も何もないくらいけなすことが多いから」

私は笑った。

その後の彼の沈黙は、恐らく十秒か、せいぜいで二十秒くらいに過ぎなかったろうと思うのだが、長い長い当惑を表す静寂を私たちの間において行った。

「心の中を見透かされるような気がいたしまして」

と彼は呟いた。

「ごめんなさい」

私は素直に謝った。

「私は世間並みの礼儀というものを心得ないで生きてきたんです。どうぞ、お忘れくださ い」

これが総理だったら、一言でも言ったことを世間は決して許してくれない。しかし「根も葉もある嘘」にせよ、虚構を構築することを職業とする小説家の私の言ったことは、世間も大して本気にしないで忘れてくれることはよくあった。それがまた小説家の自由であり、幸せでもあった。

「しかし一言で、私の長年の思いを言い当てられたのは、初めてでした」

彼は私の顔を見つめながら言った。

「無責任に言っていることを、あまり本気になさらなくていいのよ」

私の方は深く恥じていた。

「素人の占いのようなものですから、当たらなくて当然、当たってもまぐれですから」

「ご存じのように、私の父が昨年亡くなりました時、三千人の方がお葬式にお見えくださいまして」

私は頷いた。

「そういう社会的にも立派なお父さまだと、息子としては定めし重荷でいらしたろうと、私はすぐご同情するのよ。あなたがどんなに普通の青年として振る舞おうとされても、世間はお父さまの息子だということで、特別扱いにするか、やたらに期待するか……そのことで悪意を持つか……とにかく煩《わずら》わしいことね」

「いいえ、実はそのことでは、私はほんとうに楽に青春時代を送りました」

「偉いですね、と申しあげたいところだけれど、どうして？」

そんなに簡単に自分の心理を処理なさったのですか、という質問を私は飲み込んで口にしなかった。

私たちは、海の光景を見るためにテラスの端に立っていた。近くには相変わらず誰もいず、私たちの会話を聞いているものは、海風だけだった。

「実は、私は父の実子ではないんです」

彼は言った。

「上にお兄さまがいらしたでしょう？　お母さまがそのお兄さまが外国人の女性と結婚さ

れたことを話しておられたわ」

いずれにせよ、実子がいないなら養子にしたということもあるだろうけれど、どうして既に長男がいるのに、子供をもらったのか、とその質問も私は飲み込んだのだった。

「兄は確かに父の実子です。しかし私は違います。母が父ではない、別の人との間に作った子供です」

「お父さまは、それを、ご存じだったんですか？」

「いいえ多分、死ぬまで知りませんでした。そのことは感謝以外のなにものでもない、幸運です」

父と呼ぶ人とは血が繋がっていなかったからこそ、彼は父という人物に対して、手放しの尊敬と、そしてもしかしたら深い労《いたわ》りさえも添えて語ることができるのかもしれなかった。

「どうして、そんなことを知ることがおできになったの？」

「医学部に友だちがおりましてね。私は何となく父と自分とは、違う他人が、一つ屋根の下に暮らしているように思う瞬間がありました。本能的なものだったのか、それとも、客観的理由があったのに私がそれを認めようとしなかったのか、その辺のところは私にもわからないのですが……それで面白半分にＤＮＡ鑑定をしてもらいました。友だちは、父の最期を見てもらった医学部の付属病院にいたものですから、父と私との間に親子関係があ

るかないかを実証するのは簡単でした。その後で、母とのことも調べてくれました。そしてその意外な結果を知らされた時、友人は非常に気を使ってくれましたが、私はなぜか全く動揺せず心穏やかでした」

「そういう方も、いらっしゃるのね」

「小説を書かれるような方に私のような若輩が申し上げることではないんですが、人間が苦しむのは、その人と関係があるという場合なんじゃないでしょうか。関係がないとなれば、それはそれは気持ちが軽くなるものです」

「それで、あなたという方は、どうしてこの世に生れられたんですか？」

奇妙な質問だと思ったが、私はそのぎこちなさを取り繕う暇がなかった。

「母が当時、誰かと関係を持っていたのだと思います。母は、ご承知のようにお嬢さん育ちで、外国で暮らしたこともありますし、家の中で靴をはいているのも自然と思うような人です」

「あなたは？」

私は思わず不真面目な質問で相手の話の腰を折った。

「私は全くそう思いません。家の中に泥を持ち込むなんて、野蛮な風習だと思っています」

彼は穏やかに笑っていた。

「外国人の間でも、このごろ日本風の合理性が広まって来て、家の中で靴を脱ぐ家庭も増えているようです」

「ごめんなさいね。余計なことを言って」

「いえ、そういうふうに気楽に私の話を受け止めて頂くことを私は望んでいたんです。

母が私を生んだことは間違いないようです。私が生れた時やって来た知り合いの小母さんで、襁褓《おむつ》を替えるついでにおちんちんを覗き込んでいたら、威勢よくおしっこを引っかけられてひどい目にあった、っていつも言っている人がいますし、父が私のお宮参りの日に紋付き袴で日枝《ひえ》神社にお参りしたとか、いろいろな逸話を親戚の人も母の友人も皆が話していますから、多分私は間違いなく母の実子として生れたんだろうと思います。血液型も父と母との間にこういう子供が生れて当然、というものだったと思うんです。

しかし母はお嬢さん育ちで、縁談で整った父との結婚にどこか不満を持っていたでしょうね。父は母の父が見込んだ婿さんだけあって、学校秀才だけでなく、ほんとうに賢い人でしたが、田舎の小学校の校長先生の息子です。しゃれたところはありませんでした。母は奔放でしたいことをするのに、馬鹿がつくほど勇気もあった人です。周囲のことはあまり考えないし、恐れない。それで父との結婚生活の間に、大きな不満はあったと思います。でも平気で不倫相手の子供を生んで、それがばれないで済むと思っていたのかどうか、私はその勇気に脱帽するだけです」

「そして……」

「今朝のテレビ、ごらんになりましたか？　何チャンネルだったか忘れたんですけれど、もう三十五年も実の親子だと思っていた家族が、実は実子関係があり得ないということがわかって、出生当時の病院を訴えた、というニュースが出ていました。ですけど、私はそういう人たちの気持ちがわかりません」

今朝方そういうことがあったから、彼は私にこのことを話す気になったのかな、と私は思った。

「父は私を可愛がって頼りきってくれて亡くなりました。私は父を裏切ることに加担した原因の一人ですから、父には自然に孝養を尽くす気になっていました。母は実子ですから、気楽に私に言いたいことを言っています。私はまあ、そういうわがままな母に困らされながらも、実子ですから何とかお守をしていけば、何の問題も起きません。

でもこのことは、一時期私の心の中の大きな遍歴でした。時々、誰かに聞いてほしくなります。父もいい人だった。母もかわいい女だった。私も、誰をも深く憎まずに済んだ。すばらしいドラマだった、と思うんです」

「でもそれを、どうして初対面の私に話してくださる気になったの？　小説家なんていうものはお喋りで、人から聞いた話をすぐ書いてしまう危険人物なのよ」

彼はテラスのほのぐらい明かりにもはっきりと見えるほど爽やかな白い歯を見せて笑っ

た。

「でも、あなたはどこかにお書きでした。自分はことの本質だか真実だかを書きたいと思うことは始終あるけれど、当事者の家族関係やら、仕事やら、現実の状況は決してそのまま書かない、って」

「その通りです。じゃ、もしこの話を書くとしたら、あなたのご家庭の状況をどう書いたらいいか、あなた自身が作ってくださる？」

「私のような素人の作った物語で、あなたの小説の筋が通るかどうかわからないんですけど、こういうのはいかがでしょう。私は建築屋で、兄と二人兄弟の弟で、母はいいとこのお嬢さんで、父は校長の息子で、そういう家庭にこういうことが起きた。今の母は、車椅子のもてもて老女で、ということでは」

「けっこうですね。そのまま書くことにします。ほんとうに小説の作り方まで教えて下さってありがとう。楽に作品ができました」

しかし彼の語った陰の事実は、暗闇に秘められたその夜の海のように、この上なく爽やかに私の心の中で息づいていた。

# 櫻の家

私は毎日この町を散歩します。七十代も半ばを過ぎると、年々足腰の弱るのを痛感します。でも健康志向の強い人みたいに、一日に一万歩歯を食いしばって歩くなんてことはしていません。そんなことをしたら歩くことが人生の仕事か目的になりかねませんから。歩きながら（生活しながら）考えたというギリシャの「逍遥学派」の哲学者ならそれもいいでしょうが、私たち凡俗はずっとくだらないことばかり考えて歩きますから、自由に自然に、歩くこと以外を人生の目的にして生きたいのです。

私は定年まで平凡なサラリーマンでした。しかし平凡ということは偉大なことだ、ということもわかっていますから、そんなことを言ったら「しょってる奴だ」と思われそうな気もしますが、それはまあお許しください。

世間には引っ越し好きという人もいて、私も実はそういう暮らしもしたかったんですが、私は面倒なことが嫌いでしてね。しなくてもいい努力はできるだけ避けようという姿勢で人生を過ごすとなると、親が暮らして来た東京の同じ土地にずっと住むことになったんで

す。もっとも親が死んだ時、相続税が払えなくて、土地の約半分を売りました。それで五十五坪ほどの土地が残った。そこへ、五十を少し過ぎた時、以前住んでいた家があまりにもボロ家になったので、壊してプレハブの家を建てました。よくできていますね、昨今の家は。何もかも前の家より便利にできている。家内に言わせると私は無趣味だから満足しているんだ、と言うのですが、私は何しろ便利が第一ですから。

実はうちの斜め前に、鉄筋建ての豪邸がありました。建てて八年目に売られて、しかも買い主がそれを取り壊したので、私は興味に駆られてずっとその経過を見ていたんです。もったいないなあ、そのまま少し改築して使えなかったのかなあ、なんて余計なことをうちでは家内と話していました。とにかく壊すだけに二カ月かかったんですよ。ガレージではなくて、地下三階建てだったんです。地下に三階も部屋を隠しておく必要がなんであったんでしょうね。大変な量の美術品のコレクターだったかもしれませんし、それとも麻薬製造か偽札印刷をしていたか、となるとこれはもうマンガチックな空想ですけど、恐らく壊すのに一億円以上はかかっている。

その点、うちなんか楽なもんです。木造二階建てのプレハブですから、一日か二日で壊れます。私たち夫婦が死んだ時にも、始末は簡単だと、息子夫婦には恩に着せておきました。

一万歩は歩きませんけど、私は昔から、町を見ながら歩くのは好きでした。家というの

は、顔ですね。たまらないおもしろさがあるんですよ。

それとこの辺は住宅地なので、ほとんどの家が狭いながらも一生懸命庭木を植えているんです。一本でも名木と呼んでやりたいような木ってありますね。うちには何も自慢できるような木はないんですが、人さまの家の木は好きな時だけ管理の心配もなく眺められますから、楽しみは尽きません。

私はこの町をかなりよく知っている「古老」になりました。まだ一応健康なので「老」とは呼ばれたくない心境ですが、この町には戦前から七十五年も住んでいるんですから仕方ないですね。

昔うちの隣には、一時期巨人軍が借りていた家がありました。巨人軍の練習場が多摩川原にあったころ、この辺は割と近かったもので、暫定的に借りていた家があったらしいんです。

清原選手が怪我をして治ったばかりだったのもその頃だったと思います。とにかく或る夜、うちを訪ねて来た家内の従姉が、角を曲がった途端、棒を持った大男が三、四人立っている光景にぶつかった。しかもその時、弾丸のようなものが飛んできて、もちろん従姉には当たらなかったんですが、従姉は恐ろしさにおしっこを洩らしたんだそうです。そしたら棒を持ってた大男たちがすぐに、「すみません」と謝って従姉を通してくれたんだけど、「命が縮まった」って言ってました。巨人軍は、夜中の露地でも練習していたんです

よ。

たくさんの家が古くなって壊され、ご町内の、「知っているとも言えない知っている人」たちもどんどん亡くなって行きました。私は感傷的な性格ではありません。ただ、私だけがそうした人生を密かに知っていたんだ、と思うことは悪いもんじゃありませんね。年を取ることの優越感というのは、そういう時に密かに出るもんなんですよ。

でも私はそんな話をほんとうは誰かにしようとは思わないんです。過去のこと、過去の空気を濃厚に映し出した或る日の思い出などというものは、自分一人の心にしまっておけばいい。喋るとしたら、時々家内に言うだけです。それとても、真剣に彼女が聞いてくれそうな日を選んでですが……。

駅から北側にまっすぐ坂を上って、正確に言えば、突き当たりを右に曲がって二本目の角を左に折れて百メートルほど行った所に、私が毎年密かに花見を楽しみにしている一本の桜の老樹があります。昔はそこに、当時としては絵本でしかあまり見ることのなかった洋館があって、その庭でこの桜は堂々と日本の美を謳っていたものです。チェーホフの『桜の園』という作品は本で読んだだけで、舞台も見たことはないのですが、多分背景にこんな桜があるんだろう、と長い間私は一人で決めていました。

今はそこに低層の、と言っていいのでしょうか、つまり三階建てのマンションが建っていて、その駐車場部分の奥にひっそりとその桜は生き残っています。思いなしか、少し老

いぼれて、花も少なくなったようですが、それでもその幹の姿は充分に歌舞伎の「関の扉《と》」の背景に描かれた桜のような風格を持っています。もっとも、道から少し入っているので、そんな桜の姿に眼を留める人はめったにいないだろうとは思いますが。

今のマンションの住人たちのことは全く知りません。しかし昭和二十年まで、この土地に住んでいた夫婦とその家族はよく知っていたのです。

松山修一郎というのがご主人の名前で、夫人は麻子という人でした。朝が来るのあさではなく、植物の麻という字を書くのです。その当時の桜は間違いなく、今よりずっと若かったはずですが、私の中ではいつも堂々たる老木の風格を持っていたのですから、記憶というものは当てになりませんね。

私の父は、松山氏より少し年上でしたが、まあ同じ年代に商社に勤めて同じような時代の姿を見ているはずだ、と言ってもいいのでしょう。しかしあちらは昭和十二年頃までロンドン勤務。私の父はてっていして国内勤務。その差はどこにあったのか、私の母は早く亡くなり、父はぶきっちょな人だったので、会社の出世の構造をおもしろおかしく、解説的に語ってくれるようなこともないままに他界しましたが、平ったい言葉で言えば、つまりあちらは東京帝国大学出のエリート、父は所詮は私大の経済学部出という差であったのかもしれません。その上、あちらは何か夫婦とも戦前までは爵位のあった家柄の人たちと聞いていますが、私の家族は庶民中の庶民、昔風に言えば平民中の平民だったこともある

かもしれません。当時の私の家は、座敷の廻りに廊下のついたような立て付けの悪い日本家屋、あちらはチューダー風の洋館でした。しかしそんな身分格差が、今の人たちが考えるほど悲劇的な人権問題でもなく不平等感にも繋がってはいなかったんですよ。

私は時々、父についてその家に行くことがありましたが、私は父が玄関先で松山氏と話す時の、言葉遣い、態度物腰をどうしてもはっきりと思い出せないのです。父が卑屈に振る舞っていたとか、あちらが威張っていたとか、そういう記憶も一切ないのです。まあ、私は終戦の年、十五歳でした。大人でもなく子供でもなく、妙に生意気なところと、まだ何もわかっちゃいない面と、ごちゃまぜの年だったと思います。

ただ、こういうことを言うと恥ずかしいのですが、私はその松山家の夫人麻子に会うと奇妙に胸がどきどきしました。夫人は当時二十代の終わり、私は十五歳。今でこそ、十五も二十も年下の若い男と結婚する女性もありますが、当時はそんなみだらなことは、考えるだけでも罪の意識を持ちそうなことでした。そして松山氏の方は、見た目にもはっきりとわかるほど、片方の足が悪い人でした。ステッキをついていても肩を揺らすようにして歩いていました。馬車に轢かれた、と言う人と生まれつきだと言う人と両方いましたが、真相は聞いたことがありません。

麻子は既に三人の子持ちでした。子供たちは三姉妹で、当時七つと五つと三つ。私の母が、「あそこは七五三のお着物、うまく順序にお下がりを使えるつもりでいらしたらしい

けど、戦争で狂ってしまったそうよ」と言っていましたが、それはもう着物を作るような世間の空気でもなくなっていたし、手持ちの着物を着るのさえぜいたくと言われて世間の眼をはばかる空気があったこともあるでしょう。

松山麻子は、子供の時からイギリスで育った人でした。肌の白い、中高な顔だちの華やかな感じの人で、時代が時代ですから、もんぺ姿しか思い浮かばないのですが、娘たちだけと気楽に喋る時の言葉は英語になっていました。当時英語は敵国の言葉として、目の敵にされていたので、人に聞かれるような所では決して口にしない。でも麻子にすれば、戦争はいつか終るのだし、その時のために娘たちには英語に馴れさせておきたい、と思っていたのでしょう。そして娘たちは、外国へ行ったこともないのに、全くイギリス人のような発音をしていました。もっとも悪い言葉もよく覚えていました。「デブ」というのを英語では「ファティ」というらしいのですが、次女の香代子などは、麻子夫人に「いけません」と言われると、なおさら挑発的に「ファティ！　ファティ！」と繰り返して喚《わめ》いていました。当時近くの八百屋さんの奥さんが有名なデブだったのです。

松山麻子は、その反面、古風で優雅な日本語を遣いました。

「小父さまがお見えになったら、きちんと『ごきげんよう』ってご挨拶申し上げるのよ」

「自分が悪いことをした時に、『ごめん遊ばせ』をどうして言えないの？」

「健ちゃんに（これは私のことです）『お林檎《りんご》を召し上がってください』ってお勧めしてな

いんじゃないの？」

という具合です。

松山夫妻がどうして結婚したのか、私は何となく聞かされていたのです。松山氏がロンドン駐在中に会って、恋愛結婚というより、仲人さんのような人がいて、それで二人共決心して結婚したのだと言います。

昔はロンドンへ行くのも大変でした。船で何週間かかったのでしょう。二人の娘が生れたところで、戦争前の雲行きが怪しくなり、幼児を抱えて情勢が悪くなったら大変だから、というので、会社に帰国を申し出て叶えられたという話を私は父から聞いたような気がします。

私は時々、松山家に出入りしていました。母が田舎の出で、ジャガイモやサツマイモなどが手に入ると、時々私に届けに行かせていたのです。すると、麻子夫人が手製のお菓子などを食べていらっしゃいと言ってくれる。それがまた楽しみだったのです。もう物資が不足していましたから、今思うと大したものではありませんでした。キャセロールに入れて焼いたアップル・パイとか、卵もけちりバターの匂いもほとんどしない手製のクッキーとか、自分の家で娘たちもこね廻して作ったドーナッツ程度のものでしたが、私の母にはお菓子を焼くなどという才能はないし、私は甘いものが好きでしたから「食べていらっしゃい」と言ってもらうと、むっつりしたまま、食堂の椅子に坐って、三人の娘たちとお菓

子が配られるのを待っていたものです。

でも次第に、麻子夫人は、私とは少し大人の話をするようになりました。どんな勉強が好きだと聞かれたこともあります。ヨーロッパの絵の話をしてくれたこともあります。娘たちはまだきゃっきゃっふざけて転げ回る仔猫たちみたいなものでしたから、私はこれでもけっこう麻子夫人の話相手になれるのだ、としょっていたものです。

そうした会話の中で、私はしだいに夫人の内面を推察するようになりました。

「あなたは男の子だから、優しい人になった方がいいわ」

と或る日夫人は言ったのです。男の子だから、というのは少し日本語としておかしいんじゃないか。男の子が優しい必要はない、と当時の教育は教えていたのですから。

「どうして優しい方がいいんですか？」

と私は質問しました。

「だって優しくないと、家族が幸福にならないのよ」

私はまだ真意を理解してはいませんでした。

「優しい、と言っても、たいしたことじゃなくていいの。将来あなたの奥さんになった人が、外へ出た時寒風が吹いてててショールを持ってなかったら、あなたのジャケットを脱いで着せてあげるだけでいいの。あなたのぬくもりが残ってるジャケットなんてすばらしい優しさなのよ。奥さんが風邪をひいていらしたら、熱いお茶かスープを持って行ってあげ

て。そんなことでいいの」

「それくらいならできるような気がします」

「それから女は男に比べると、ずっと家の中にいることが多いでしょう。だから家に帰って来たらお食事の時、何か外で見たことをお話ししてあげて」

「どんなことをですか？」

「たいしたことじゃなくていいのよ。たとえばリヤカーで炭俵を運んでた小父さんの犬がどんなに一生懸命ご主人さまを助けて車を引いてたかとか、町で兵隊さんがどんな軍歌を歌いながら行進してたとか」

「そんなことでいいの？」

「そうよ、そうすれば、あなたと奥さんがそこでいっしょになって、その軍歌を歌えるでしょう？　それだけで楽しいわ」

「そんなことならできるな」

　私は呟きました。

「よかったわ。それからバラの花が一輪咲いてたら、それを切って、ご飯の時お花を奥さんのお皿の前においてあげるのだっていいのよ」

「バラが見つかるといいですけど」

「バラでなくたっていいのよ。チンチョウゲの花だって香りがいいわ」

「チンチョウゲでもいいの？」
私の受け答えはすべてどこかとんちんかんだったでしょうが、まあそんな具合でした。そして私は、まだ将来の結婚という事態は現実のものとして想定しにくかったのですが、いつかバラかチンチョウゲの花を見つけたら、麻子夫人に届けに来ようとは思っていたのです。

しかし次第に私も、松山夫妻の結婚は、外見は別として内実はあまり幸福ではないのではないかと推測がつくようになっていました。

他人の家庭のことは、ほんとうに私たちは推測することしかできません。しかし松山夫妻はあまりにも育った環境が違ったのです。夫人は物心つく頃からロンドンの自由な空気の中で、表向きは女性が労《いたわ》られる社会で育った。今にして思うと、あの傲岸なイギリス人のことですから、黄色人種の日本人に対する差別の感情は揺るぎないものだったでしょうが、それでも爵位のある家庭の子女に対しては一目おいたかもしれません。それに麻子夫人は英語を母国語のようにきれいな発音で自由に喋りましたから「黄色い猿」と言われて侮蔑される日本人とは、別扱いだったかもしれない。

しかし松山氏の方はよくも悪くも、古い日本の士族の男の習慣を残していました。イギリスにいた時はどうしていたのか知りませんが、恐らくダンスも踊れなかったでしょう。足のハンディキャップもありましたから。私が見た限りでも、日本では戸口でレディファ

ーストを守るということもしていなかったと思います。お茶を欲しい時も妻に命じて運ばせていましたし、妻の肩にショールを掛けてやるなどということは、一度もしたことがなかったでしょう。

私は一度一家が揃っている食事の時に「健ちゃんも食べていらっしゃい」と誘われて席に坐ったことがあるのですが、松山氏はほとんど会話というものに加わりませんでした。その時十五歳ながら、私は、食事の時には明るくお喋りをする男でいなさい、と麻子夫人が命じた意味がわかったのです。外国人の食事は、食べることと同じくらい会話が大切だと言いますが、松山氏は全くそうした配慮を欠いていました。それは悪とは言えなくても、夫人にすれば、夫に望んでいた理想が一度も叶えられなかったことになるのかもしれません。その寒々とした夫婦の空気を救っていたのは、三人の仔猫たちのようなおふざけの好きな姉妹たちでした。彼女たちが立てる騒音が一家の救いだった。とは言っても一番上の志津子はもう小学校に行っていたので、母の結婚生活の不幸を、実はかなり知っていたのではないかと思います。

十五歳の私の、想像力の外にあったのは、麻子夫人がクリスチャンだったことです。そして松山氏の家は神道で、結婚の時、夫人から教会へは行かない、という言質《げんち》を取った、と後で聞きました。もっとも戦争中の日本では、キリスト教は邪教視されていましたから、教会も日曜礼拝などどうなっていたのでしょう。

松山家の子供たちは、無邪気に見えながら二重生活を強いられていました。母とだけおやつを食べる時は、お皿を前に十字を切ってまず大声で英語のお祈りをしました。もっともその短い間にも、彼女たちは肘を突っつき合ったり、テーブルの下の毬《まり》を密かに蹴ったりしてはいましたが、それだけに最後の「アーメン」だけは更に大声で、また夫人に叱られていました。

しかし父親がいる時は、三人はお祈りをする気配も見せませんでした。父が嫌がるからでした。そこには強権的な父を子供らしくないほど意識して恐れている家庭の空気がひりひりと伝わって来ました。

それほど妻の信仰を嫌っていたにもかかわらず、姉妹は近くのカトリックの修道院の経営する学校に通っていたのです。もっとも終戦の時、小学校二年生だったのは長女の志津子で、次女の香代子は同じ学校の幼稚園部にいたと思います。三女の由美子はまだいつも麻子夫人のエプロンの紐に摑まっていました。

子供たちの学校のこととなると、松山氏が信仰の違いをとやかく言わなかったのは、一つにはその学校が、外務省、商社、外国に支店を持つ銀行などの子女が通う学校として有名だったからでしょう。つまり松山氏は、自分が常識には従う紳士であると世間に思われることを好んでいたものと思われます。そうした二重性は、当時も今もどこにでもあることで、それほど非難されることでもないと思いますが。

ほんとうに偶然のことですが、昭和二十年三月九日から十日にかけての東京大空襲の夜、私は一人で家の留守番をしていました。父は会社に泊まり込み、母は埼玉の実家のある村まで買い出しに出かけて、私は一人だったのです。

いつものように空襲警報が鳴ったので、私は眠さと戦いながら防空頭巾を被り、手持ちの品をリュックに詰めたものを下げて庭先に掘ってある防空壕の入り口まで行きました。壕は畳一枚ほどの面積が地面の下に掘ってあり、上には土が被せてあった。両端から逃げられるような階段がついていたのです。もちろん直撃弾が落ちれば即死ですが、近くに落ちた爆弾や焼夷弾の破片くらいは中にいれば避けられることになっていました。

その日の空襲の激しさは、その夜だけで十万人の東京市民が焼死したり、爆死したりしたことでもわかります。B29というアメリカの爆撃機は、乗組員が十人近く乗っている大きな飛行機ですが、それが超低空で民家の屋根を掠めるほど低く侵入して来る。もう東京近辺には、このような大胆な敵を撃墜する高射砲も何もないのですから、アメリカもしたい放題でした。

舐めるように地面近くを這って来る爆撃機が焼夷弾を落とすまでの数秒間に、私は死が覆い被さって来ていると感じました。死ぬか死なないかの境目は、B29の爆撃手が爆弾投下のボタンを押すのがほんの半秒、いや四分の一秒早いか遅いかの違いで決まるという感じです。

あちこちで火の手が上がりました。こういう話をすると、今の若い人たちは、「消防車はどれくらいで来たの？」などとトンチンカンなことを言う。東京中が燃えている時に、消防車などどれだけ待っても来ません。それに当時、梯子車だの、水槽を持った消防車などという特殊車輌はなかったと思います。道も多くの部分が未舗装の砂利道だった。消火栓の設備もどこにどれだけあったでしょう。私たちは井戸水を汲んで、バケツ・リレーで火を消そうとしていたのです。

深夜近くだったと思います。私は家を放棄しました。十五歳だ、男の子だとは言ってもつまり怖くなったのです。

同じ町内でも、部分的に燃え上がる火事の音と煙が爆竹のように聞こえている中を、私は松山家まで走りました。近隣で叫び声も聞こえましたが、あれは不思議と静かな夜だった。誰も喋っている暇がなかったのです。

私は松山一家が心配だったのです。我が家と同じで、もし松山氏が会社に泊まっていたら、麻子夫人が一人で三人の娘たちを見なければならない。ちびの由美子は怖がって泣くだけだろう。しっかりしているとは言っても長女が七歳です。

空襲が始まるとどこの家でも電気を消しています。灯火管制と言って、当時は目視で東京の町を確認していた敵の爆撃の目標にならないために、電灯を消すか覆いをつけることで家の中の明かりを洩らさないことが常識だったのです。

松山家も闇の中にありました。私はほっとした。燃えていたら暗くはないのですから。

「僕です。健太郎です！」

三人の娘たちが、僕に取りすがりました。僕が一時に三人の女性にすがられたのは、後にも先にもこの時だけだったでしょう。

「学校が燃えてるの」

と志津子が言いました。娘たちの学校は、谷を越えたその先で、子供の足だと歩いて三十分ほどのところにありました。

「ほんと？」

「さっき、お父さまが見にいらしたの」

誰も火事を消せるとは思わないのです。あっちもこっちも燃えているのですから、近所の人の手に負える範囲で消火活動をやってみるだけです。

「健ちゃん！」

暗闇の中で、麻子夫人の声がしました。

「健ちゃん、よかった！　お宅の皆さん、大丈夫？」

私は麻子夫人の胸に抱かれました。ほんとうにたった一度だけ、あれほど自然に彼女の胸に触れたことはなかった。

「でも、学校が燃えてるんですって？」

子供たちが怯えているのを、私は何とかしてやりたい気持ちでした。

「麻子！　麻子！」

その時、家の中から松山氏の呼ぶ声が聞こえました。

「はい、今行きます！」

とにかく呼ばれたらすぐ行かなければ怒鳴り声が飛んで来るのが松山家の習慣です。私はそれを知っていましたから、夫人に摑まっている末の由美子の手を代わりに取りました。すると上の二人、香代子と志津子も芋蔓式に僕の両手に委ねられました。

僕は子供たちの安全を考えて、ひとまず家の中に入ることにしたのです。母親の姿の見える所にいる方が、彼女たちも安心するだろうとも思いました。

広いタイル張りの床の玄関が、その時、陰惨な辺りの喧騒とは別に不思議な静寂に満ちていたのを覚えています。そこにはカンテラの光の中に、髪を乱し、雑嚢《ざつのう》と水筒を肩から掛け、ゲートルを巻き、軍手をはめた松山氏が立っていて、不自由な足に軍靴をはこうとしていました。

「どこへいらっしゃるんです？」

咎めるというのではなく、麻子夫人は夫に聞きました。

「これから学校へ行く。無事かどうかわからんが、尼さんたちを今からうちへ連れて来るから、何か食べるものがあるか？」

麻子夫人の大きな眼がじっと夫を見つめていました。

「あなた」

「僕も行きます」

私は言いました。尼さんと松山氏が言ったのはカトリックの修道女たちのことで、後で知ったことですが、開戦と同時にイギリス、アメリカ、フランスなど連合国の国籍を持つ修道女たちは既に収容所に移されており、その日燃える学校に残っていたのは、ドイツ、イタリアなどの枢軸国の修道女たちでした。その人たちが、広い校内に残っていれば、集めるのにも人手がいるだろう、と私は思ったのです。

「いや、健ちゃんはここにいて、家内と娘たちを見ていてやってほしいな」

松山氏は言いました。

「私は一人で大丈夫だから」

その時、夫人は夫に靴をはかせようとしていました。しかし靴の紐を結んでからも夫人は広い玄関の床に、まるでそこが畳敷きででもあるかのように膝をついていました。

「あなた、恐れ入ります。お気をつけになって、いらしてくださいませ」

麻子夫人はそう言うと床に手をつき、日本風に深く深く頭を下げました。そして顔を上げた時、私には夫人が泣いているのが見えたのです。「恐れ入ります」というのは、「ありがとうございます」という意味の古風な日本語で、ロンドンで育った麻子はその伝統的な

表現をごく自然に、始終使う人でもありました。

松山氏は素早く出て行ったと言いたいところですが、氏の足では、切れた電線や倒れた電柱を跨《また》ぎながら学校まで行くのは、それほど簡単なことではなかったと思います。

「お母さま、大丈夫よ。お父さまが必ずシスターたちを連れて来てくださるから。それよりお薯をふかして卵を茹でておきましょうよ」

志津子が言いました。やはり長女ですね。避難して来るシスターたちに何を食べさせられるか、子供なりに一生懸命考えていたのでしょう。

私はその日、シスターたちが灰と泥まみれになって到着したのを、実は見ていないのです。却ってシスターたちが来る時に、僕のような男がいるとじゃまだと思ったのかもしれません。当時の修道院は極端なまでに、独身の男を近づけませんでしたから。

その日、松山家は、時ならぬ客を十人以上も受け入れて大変だったといいます。ベッドもない。ある限りの蒲団を客間に敷いて、雑魚寝《ざこね》です。しかしシスターたちは、自由に英語で麻子夫人と語ることができた。楽しい難民の夜になったかもしれません。

その夜、麻子夫人は初めて夫に深い絆を感じたのでしょう。私はそれを信じて疑いません。今まで惰性で夫婦を演じて来たけれど、心の繋がりを持つことはなかった。しかし尼さんを連れて来なければならない、と言った夫の一言に、麻子夫人は涙を流して喜んだのですから。

これがこの夫婦の恋の初めだったと私は思っています。しかしそれが長くは続かなかったのです。

その年の四月、松山家の桜も戦争と関係なく咲きましたでしょう。花が散って葉桜の頃、東京にはまだ空襲が断続的に続いていました。私たち一家も見切りをつけて、母の実家の物置を借りて生活することにしました。毎晩の空襲で私も寝不足してしまうようになったのです。私は田舎の中学に転校し、すぐさま近くの工場に動員されました。

そうした一日、松山氏は、焼夷弾の直撃に遭って亡くなった。あれだけ「雨霰《あめあられ》」のように焼夷弾が降ってくれれば、それに直に当たって即死する民間人が出ても不思議はない戦局でした。

三月十日の大空襲から四月末のその日まで、わずか四十日か五十日の間、麻子夫人は夫を深く愛して生きたような気がします。よかったと言うべきか、だからなおさら無残だったと言うべきか、私にはわかりません。少しも心の通じ合わない夫のままだった方が、死別した後も心が痛まなかったかもしれない、とも思います。

戦後間もなく、残された母と娘たちは、家邸を売って横浜に転居しました。麻子夫人が英語を教えて評判になり、生徒がいっぱいだったという人もいますが、それからのことは、私にもよくわからないのです。ただ、あの一夜の光景を私は見ました。人生には、たった一日、一夜の心の出会いのために用意されている長い年月があるのかもしれません。だか

ら人間は手短に答えを出してはいけない。他人のことを知っていると思ってもいけない。ただこうした隠された物語の存在を知っているような気がするから、私の老後は満たされているとも思えます。町には全く、あちらにもこちらにも物語が転がっているんです。

# 極悪人

津田幸太郎が実家のある駅で降り立ったのは、ほとんど十カ月ぶりであった。この前は旧正月に一晩だけ帰って来たのである。その時は、友達にさえ会わなかった。故郷の村は東京から電車でも一時間半あれば帰れるのだが、思い出が辛いことばかりなので、どちらかというと避けていたい土地なのであった。ただ、幸太郎は祖父母に育てられたので、その二人に対する僅かな恩義の感覚が、時々顔を見せねばという義務感に結びついた。秋の色が深まると、春秋のお彼岸にも帰らなかった不義理を、年内に「ちゃら」にしておきたいような気分になったのである。

とは言っても幸太郎はうちへ帰ることを予告もしていなかった。その日になって突然帰るのが嫌になるかもしれないからであった。そんなことをすれば、祖父母はがっかりするであろう。それよりいきなり「ただいま」と玄関の引き戸を開けて、薄暗い玄関の向こうの台所から、祖母の「誰かね」という声を聞く方が安心だった。

幸太郎の生れた村は海沿いの景色のいい土地であった。まず何より西の海のかなたに夏

以外はいつも富士が浮かんでいた。風は荒々しかったが透明でいい声をしていた。月はこの世のものとも思えない澄んだ、それでいて華やいだ色を見せて海に沈んだ。

陸には、こんなに東京に近いのに未だにどうして原生林が残っているかと思うほどの茂みがあちこちに残っていた。パチンコ屋や薬屋や餃子屋などの街の喧騒の背後に、突如として一塊の原生林が入り込んだりする。

「お前なあ、もし女殺して、埋める場所に困ったら、俺に相談してくれや。俺、棄てるとこ、いくらでも教えてやっから」

幸太郎は今、土木の現場で働いていたが、時々気の許せる仲間には冗談に言うことがあった。それが記憶の中の原生林なのであり、幸太郎の故郷への歪《ゆが》んだ讃歌の表現なのであった。

しかし家族に関する思い出は暗いものばかりだった。故郷には既に父も母もいなかったのである。

幸太郎の父は、二十歳を過ぎると、始終畑仕事をさぼって競輪に行くようになったという。悪い友達が車で迎えに来て、あっという間にいなくなってしまうのである。それと同時に、勝った時には競輪場のある町の駅前の飲み屋で深酒をするようになった。いや、実は負けても飲んでいたのである。

祖父はそこそこの畑も持っていた律儀者なので、一家揃って畑仕事に出ることをこの上

ない楽しみに暮らしていたようだが、その期待はこうしてもろく崩れてしまった。村の人に「今日は兄ちゃんはどうしたかね」と聞かれると、初め祖父は、「今日はちょっと東京の親戚に届けるものがあって行かしておるがね」などと繕っていたが、やがて彼の姿を競輪場で見かけたという人が出ると、畑をさぼって賭け事にはまる息子について、村人はぷっつりと触れなくなってしまった。

それからしばらくして、幸太郎の父は駅前の飲み屋で働く母といい仲になった。まもなく母が幸太郎を身ごもり、そのことが家に知れると、祖母は身持ちの悪い女との関係をひどく嫌がり、祖父は子供ができたなら仕方がない、と息子夫婦を家に入れる算段をした。

「若いもんは、わしらの時代とは違って、村で畑仕事だけしているのはおもしろくない、ということはある」

祖父は理解を示したが、祖母は同感を示さなかった。

「あの娘《こ》は、中学を出るとすぐ家出をして、水商売に入ったのよ。実の母親だって、ひどい人で、娘が居所を知らせても迎えにも来なかったというんだから」

祖父は自宅の向かいに、新婚夫婦のために小さなプレハブの家を建てた。若い二人は、決して村に縛りつけられたくはなかったのだが、妻のお腹が目立つようになっては水商売を続けるにも無理があるし、ましてや子供を育てながら二人だけで暮らす経済的な自信は全くなかった。とすればとにかく食べるに困らない田舎に一先ず生活を移すほかはない、

と計算したのだろう。

幸太郎が生れてしばらくは、若い妻も幸太郎の父といっしょに畑に出る日もあったという。祖父が夢にまで見た一家で畑に出る日々が実現したのである。しかし若い妻は気まぐれだった。「後で行きます」と言っておいて、いっこうに畑に現れないので祖母が見に行くと、また布団に入って寝ていたり、突然夕食前に化粧して出て行ってしまったりした。

幸太郎がやっと二歳になった時、競輪狂いの父が事故死した。例の悪友とその日も競輪場に行った帰り、駐車場から車を出そうとした友達は後方をよく見ず、車の後ろで待っていた父はタバコに火をつけようとして手元に気を取られていた。バックして来た車は幸太郎の父をもろに轢き倒した。救急車が病院に運んだが、即死同様だったという。

事故の補償の交渉はなかなかまとまらなかった。元々無責任な相手だから、金を払わなければならないとなると、友人どころか敵対関係になった。それでもようやく保険その他でまとまった金が支払われた。祖父は当然その金は遺児である幸太郎の養育資金になると思っていたらしいが、或る日、二十一歳になったばかりの母親は、金をあらいざらい持って、今度はほんとうに姿を消してしまったのである。結婚しようが子供を持とうが、家出の癖は抜けていなかったのである。しかもその金は、貧乏な暮らしの中で、彼女がかつて見たこともないほどの大金であった。

母親の消息はそれ以来わからない。博多にいたとか、広島で見かけたという人もいたら

しいが、どれも確実な情報ではなかった。

幼い幸太郎はそれでもともかく身内の祖父母の元で育った。祖父は、息子は死んでも男の孫を手に入れて、それなりに満足しているようだったが、祖母は一人息子が死んでから、すっかり気落ちしたようだった。幸太郎は高校を出ると、しばらくは畑で働いたが、すぐに友達が誘ってくれたという理由で、東京の近県のあちこちの建設現場で働くようになった。農家の経営の難しさも、村を出るという若者を留められない理由の一つだった。キャベツも大根も、始終天候の被害を被《こうむ》るか、豊作になればなったで値崩れをおこして畑で廃棄処分にしなければならなくなった。その点、安定して現金収入がある作業現場で働く方が賢いという空気が見え始めていたのである。

津田幸太郎は駅を下りると、今日は自宅まで歩くことにした。日は大分短くなっているが、まだ三時少し過ぎだったし、一時間に二本しかないバスが、ちょうど出たばかりだった。どのみちバスを下りてから、また二十分は歩かねばならないのである。そんな田舎だから、今はほとんどの家が、二台くらいずつ自動車を持っていて、舗装された自動車道路を走るようになっているから、歩けばかなりの近道をすることができる間道は、ほとんど人の姿もなく、草や木の体臭の匂う気持ちのいい自然を残した道のままでいるはずであった。

幸太郎は駅前のコンビニでよく冷えたカンチューハイを二缶買った。近頃、この味には

まっているので、飲みながら歩いてもいいと思ったのである。それからつまみの代わりに、握り飯も二個買った。寝坊して朝飯が遅かったので、昼飯を抜いていたから、いつ途中で腹が空くかしれないと思ったのである。それからこれは可能性が少ないことだったが、祖母が昼飯の残りで夕飯を食べることを考えていて、急に孫が帰って来ても、その分の飯が足りないことも考えられなくはなかった。

道は間もなく自動車とは関係のない山道に入った。上りつめた所で、運がよければ端正な富士が見える。しかし今日は恐らく雲がかかっていて見えないだろうと思う。人生にはそうそう好運はないのだ。そしてまた朝には見えていた富士も、午後には雲隠れするというのが普通なのだ。

幸太郎はしばらくの間、年中落ち葉の溜まっている道を歩き続けた。低い山の、裾や脇にとりつけられた道なので高低が多いが、幸太郎は幸い息も切れなかった。

あたりには人がいないと決めてかかって歩いている幸太郎は、突然目の前に現れた男にびっくりした。しかしなぜか危険は感じなかった。ただ、どうしてこんな場所で出会い頭に人に会うのだろう、と強烈な疑念が幸太郎を捕らえた。

「済まないけど、何か食べるものを持っていないかね」

男は髭が伸びていたが、ごく普通の灰色の薄いジャンパーを着て、穏やかな眼をしていた。

「食べ物？」

幸太郎はおうむ返しに尋ねた。

「食べ物なら、駅前のコンビニで売ってるよ。そんなに遠かない」

「そこまで行けないんだ」

男は言った。

「腹が空いて、少し気分が悪い」

「何日食べないの？」

「一昨日《おととい》の昼間には弁当を食べたし、それから畑の大根を少し食べた」

あんたは遭難したの？　と幸太郎は聞きそうになったが黙っていた。ここは遭難するような山奥ではない。国道目指して下りていけば、自家用車はいくらでも走っているし、運がよければ「空車」の札を出したタクシーだって通りかかるかもしれないのだ。

「あんた、あの人？」

遭難したのか、と聞く代わりに、幸太郎はそういう言い方をした。

「ああ、そうだ」

男はなぜかたじろぎもしなかった。

「テレビが言ってたよ。子供が轢き逃げされて、犯人はまだ逃げているって。今朝のニュースでも言っていた」

「俺がそうだよ。一昨日のことだ」

幸太郎は立ち止まり、手にしたコンビニの袋を開けた。

「握り飯があるけど、食う？　カンチューハイもある」

男は柔らかな目つきをした。

「カンチューハイ……あんたが飲むつもりだったら、俺が飲んじゃっちゃ悪いな」

「いや、二缶あるから、いいんだよ。いっしょに飲もうか」

ありがたい、という思いを男は無言で、ただ拝むような仕種で示した。

「どこか、目立たない所へ行こう。あんた発見されたくないんだろ」

幸太郎は言い、二人は疎林の中へ落ち葉を踏みしめる音をさせながら入って行った。そして吹き溜りのように落ち葉が、厚く散り敷いた天然の敷物の上に腰を下ろした。

「食べてもいないのに、いきなりカンチューハイを飲んだら、ひどく酔うよ。先に握り飯を一口でも食べなよ」

男は年の若い幸太郎の命令に従って、握り飯の包みをぶきっちょに開いて一口食べたが、すぐに、

「大丈夫だから、先に一杯飲ましてくれ」

と囁くようにせがんだ。

「水も飲んでなかったの？」

幸太郎は言った。

「水は、庭に水道の蛇口のあるうちがあった。幸い誰もいなかったから、ゆっくり飲めた」

男はそう言うと、

「そうだ、水道の蛇口の傍《そば》に燃えるようなハゼの木があったな」

と呟いた。

「事故のことを話してくれよ」

幸太郎は言った。

「あの子はどんな具合だ？」

男は尋ねた。

「どこを怪我したのかな」

「あの子、というのは十一歳の小学生だろ。その子は死んだ」

「え？」

「事故のあったとこから、十メートルくらい自力で歩いて、そこでこと切れてた、ってテレビは言ってる。可哀相に、必死で助けを呼びに行こうとして、そこで動けなくなったんだ」

男は頭を抱えてうずくまった。

「どうしてそうなったかあんたならわかるんだろ？　話してみればいいのに」

「あの子の姿を、俺は一瞬見たんだ。あの子は自転車に乗って頭を下げて、俺の斜め後ろの農道みたいな細い坂道を、上の方から物すごいスピードで下りてきた。まるでローラーコースターみたいだった。そして合流点で、いきなり俺の車の助手席のドアに後ろ斜めからどすんとぶつかった。ほんとにいったいあの子が何をする気だったのか、俺は全くわからなかったんだ。あの子は、その細い脇道から俺の走ってた国道へ出る時も、全く止まって自動車が来るかどうか見ようとしたとは思えない。国道はいつも車通りの少ない道で、二、三分間、一台の車も来ない時はざらにあるような道だから、いきなり国道に乗り入れても大丈夫だと思ったのかな。俺の方は上りで見通しの悪いカーヴに差しかかってたから、速度が出てなかった。農道と国道はカーヴで合流するんだ。あの子はよく見ていながらぶつかったとしか思えない。止まれないほどの速度だったのかな。それとも自転車のブレーキが効かなくなってたのかな」

「その子は、山の上にお祖父《じい》さんの家があるから遊びに行ったんだって。でも夕食までにはうちに帰るって約束だったから、自転車でお祖父さんの家から帰って行ったんだそうだ。あんたがそこを通りかかったのは何時頃だった？」

「四時少し過ぎかな」

「じゃ、ヘッドライトはまだつけてないね」

「まだだね。坂の頂上で、富士が見えないかな、って期待した覚えがあるくらいだから。まだ夕暮れを全然感じさせない時間だった」

「せめてあたりが暗くて、あんたの車がヘッドライトをつけるようになってれば、自動車が近づいていることも光でわかったのにね。運が悪かったんだな。その子もあんたも」

「……」

「あんたは覚えてなくても、自転車を引っかけて、次の瞬間にその子をもう一度轢いたんじゃないのか？」

幸太郎は執念深く尋ねた。

「いや、轢いてない。轢いてれば、タイヤの手応えでわかったはずだ。でも俺は逃げたんだ。自動車に乗っていて、自転車に襲われたのは初めてだから。でも世間じゃ、どんな場合でも、人とぶつかれば百パーセント車が悪いことになってる。だから俺は逃げたんだ」

「あんたの話とくっつけると……あんたがほんとのことを言ってるとしてだけど……あの十一歳は自転車ごと、あんたの車にぶつかった。どこかに放り出されて、多分頭も体も地面にぶつけた。あんたの車は立ち去ってしまう。少年はふらふら立ち上がって歩き出した。まだその時は、自分で歩いて助けを呼べると思ってる、というか、それしか方法ないしね。そして道から数歩外れた森の中に倒れて動けなくなった」

「自転車はどこにあったんだ？」

男は尋ねた。

「二つに折れて現場にあったんじゃないの？　だからそこが事故現場で、少年が死んでた所までの十メートルくらいが、その子が自分で歩いた距離だって思われてるんだ。まだその時は、生きるつもりでね。自分の傷をずっと軽く感じてたんじゃないか？」

二人は沈黙に捕らえられた。

「あんたは何で、逃げたんだ？　今の通り警察に話せばよかったんじゃないか」

男はぼんやりした表情で答えなかった。

「一昨日と昨日はどんなふうに暮らしたんだ？」

幸太郎は尋ねた。

「あんたの車はどこに棄てたの？」

「毎年、山菜を採りに山に入ってたからね。俺はこの辺の山には詳しいんだ。山には道みたいなものはある。ほとんど営林署の人しか通らない道だけどね。その端に乗り捨てて、最初の夜はほとんど夜半まで歩いた。奥へ奥へとさ」

「犬には追いかけられなかった？」

「犬の声は遠くで聞いたけど、思いがけず近くに民家がある場所もあるんだ」

犬というのは警察犬のことなのだが、男はわかっていないようだった。

「疲れなければ眠れなかった。でも寝ようとしたら今度は震えて困った」

「寒かったんだね」

「いや、寒くないのに震えたたな。どうしてだかわからない。でも夜なのに、山を歩き廻れたのは、月のせいなんだ。昨日の晩が満月で、だから一昨日も月は十分に明るかった。昨日の満月は最高だったよ。俺は今みたいに、枯れ葉の中に半分埋もれてずっと寝ていた。何ということだろう、と思った。俺はもっと罰されてもいいのに、風もほとんどない夜に、乾いた枯れ葉の中で寝ていたんだ。雨も降らなかった。これが濡れて、気温がぐんと下がって、風でも吹いたら、凍《こご》えないまでも辛いはずだ。でも俺が山で過ごした晩は、辛くなかった。許せないと思った。罰というものがあっていいのに。あんたにも会えて、握り飯までもらった」

「あんた、仕事は何してるの？」

「りょうしだよ」

「鉄砲撃ち？」

「いや、魚捕る方」

「うちはどこなの？」

男は土地の名前を挙げて言った。

「知ってるか？」

「聞いたことはあるけど、行ったことはないな」

幸太郎はしばらく相手を眺めてから言った。

「俺は、これで帰るけど、あんたのことは誰にも言わないよ」

どうして、と男は眼で聞いていた。

「俺が警察に通報したりしたら、連中はあんたを探して逮捕する。でも俺が黙ってれば、いつかあんたは自分で警察に出頭するだろう。それは自首になるんだろうと思うよ。だから俺は誰にも言わない」

「でもあんたは俺に会って握り飯をくれた。カンチューハイも飲ませてくれた。ありがたかった。こんなにありがたいことはなかった」

「カンチューハイと握り飯のことを聞かれたら、俺は警察に言うね。途中で歩きながら飲み食いしようと思って、チューハイ二缶と握り飯二つ買いましたけど、途中でチューハイ一個と握り飯一個はめんどうになって棄てました。それをその男が勝手に見つけて飲み食いして、命を繋いだんでしょう、ってさ。俺は絶対にあんたを知らない。極悪人とは関わり合いにはなりたくないんだよ」

幸太郎は笑った。

「俺の親父も轢かれて死んだんだ。でも親父は、実の両親以外には、あんな奴、死んじまった方がいいと皆に思われてた人だったらしいよ。でも今あんたに会って、あんたがニュースの中の人だと知った時、ふっと親父が傍にいるような気がしたよ。『俺は世間を恨ん

じゃいない』って死んだ親父は芝居がかった言い方をしたんだ。『皆が生きれるようにしておやり』ってさ。これはひどく親父らしくない言葉でさ。俺はいささかたじろいだけどね。それがまあ、死んだ親父からの伝言だな」

幸太郎は落ち葉を踏みしめて立ち上がった。

「もう会うこともないと思うけど、よかったよ、会えて」

差し伸べた幸太郎の手を男は黙って握った。一枚の枯れ葉が男の髪に残ったままだった。

# 光散る水際で

あなたは家族が突然消えたという体験をされたことはないでしょう。

一人息子の治人《はると》は、三年前の年の暮れに雑踏の中に消えたまま いなくなりました。その年は珍しい暖冬で、師走というのにオーバーの襟を立てて歩く必要もなく、それだけでこの世に不幸が減ったのではないか、と思われるほどの年だったのです。

彼は二十五歳でした。何の変化もないごく普通の暮らしをしていました。特別の病気もありません。その当日や前日、私と激しい喧嘩をしたということもありません。ふさぎこんでいる風情もありませんでした。彼がアルバイトにでかけていた仕事は飲食店だそうで、大晦日も出勤してくれ、と言われていたようですから、その日も普段のように出て行きました。計画的とは思えなかったのですが、実は計画的だったのです。

大晦日ですから遅くなっても私は大して気にしませんでした。仕事納めの後も、友だちと飲んでいるのだろう、もしかしたらそのまま、誰かの家に泊まりこんでしまったのかもしれない、と思おうとしていたのです。

気を紛らわすために紅白歌合戦などを聞きながら、私は除夜の鐘が鳴るまでには帰るだろう、と思おうとしていたのですが、まさかずっとそのまま帰って来ないとは思いもしませんでした。

治人は世間で言うフリーターだったのです。私立大学では、経済学部を出たのですが、不景気な年代にぶつかって就職しそびれました。彼なりに焦っていたようですが、初めから気に染まない仕事についても、結局長続きしないだろうし、先方の会社にも迷惑をかけるだけでしょう、と言ったのは、むしろ私だったような気がします。

私共の家庭は母一人子一人です。

夫は五十歳の時、心不全で急死しました。私とは紹介者があって結婚したのですが、それなりに支え合って生きることに馴れた夫婦だったのです。私たちは、息子一人を授かっただけで満足しました。この子を丁寧に育てようと話し合っていたので、第二子、第三子を持とうとはしなかったのです。いずれは治人も就職して家を出るでしょうから、私たち二人だけの静かな老後を楽しみたいと思っていただけに、夫の早過ぎる死は、文字通り青天の霹靂でした。私はどうしていいかわからず、一年ほどは治人にとげとげしく当った日も確かにあったように思います。

治人は背も高く、眼鏡をかけていますが、明るい風貌で、知人から「ルックスのいい青年」と言われたこともありました。外見では、ほんとうに屈託のない、順調な青春を送っ

ているように見えていたのです。

しかし彼は生きる方角を見失っていました。休みの日にたまに釣りに行く時だけはちょっと嬉しそうで、私もほっとしていたのですが、釣り師で生きる道はない、と考えていたようです。

しかし何か他のものに情熱を持つことも彼は考えられなかったのです。しかしそんな青年は、今の世の中にはたくさんいるでしょう。私とは、ごく普通の母と子の関係だったと思いますが、世間の大方の親は「自分こそ普通」と思っているか「自分はいい親」と自信を持っている、といつか誰かのエッセイで読んだことがあります。

私が治人にとっていい親であるという判断の基準は、私の友だちにありました。その人は私の高校時代の同級生なのですが、偶然、結婚した後も私の家の近くに住むようになって、どうしても彼女の暮らしぶりが私たちの目に入るようになっていたのです。

この人の夫はコンビニの店長でしたから、夜遅く帰るという仕事の制約があって、妻である私の友人は、その間に、それこそどんなこともできたのです。彼女は、いつも身近にいて構ってくれる男性がいないと暮らせない性格だったのです。男と女の痴話喧嘩じみたものの内容は、私にはわかりませんが、彼女はよく夜遅く私の家に酔っぱらってやって来たり、払える当てのない何十万円もする高価なハンドバッグを衝動買いしてしまって、その支払いを「どうしたらいいと思う?」と相談にやって来たりしていました。

夫は健在な時、二月に一度くらいは、タイやフィリピンに出張していました。その時には、四日とか一週間とかは留守にするので、その間に始末に悪い酔っぱらいの同級生がやって来ても、私はまあ気楽に話し相手になれたのです。その間に、私は彼女よりはるかに人に迷惑をかけないましな母親よ、という無言の自負を作り上げていたのかもしれません。

彼女たち夫婦には、治人より二、三歳年上の息子がいました。昔夫婦が正式にいっしょになる前に、今で言う「できちゃった婚」で生れた息子です。その子は今美容師をしているのだそうですが、それがこの型破りの困った母親に実によく尽くすのです。一度泥酔した彼女の扱いに困って、私は息子の職場に電話をかけたことがありましたが、夜八時過ぎに店を閉めた後で、彼は自分の車で、前後不覚になった母親を引き取りに来ました。その時も、まともには歩けない母親に水を飲ませ、スカートの乱れを直し、肩を貸し、優しくシートに坐らせて、怒る様子もなく、母親というより恋人のように扱っているのを見て、私はほんとうは嫉妬を覚えたくらいです。

その夜私は治人に、「私があんな母親でなくて、あんたはほんとうに助かっているのよ。それを自覚しなきゃだめよ」と言った覚えがあります。治人は黙っていましたが、私は自分が当然のことを言ったので治人が納得して黙っていたのだ、と思っていました。

その頃、治人と私の間には、際立った問題はなかったのです。ただ後で従姉から聞いたことですが、治人は就職がごたついている頃、私が「うちは一人息子だから、地方に転勤

の機会がある会社はだめよ。同居はしないまでも、親の近くに住んで親を見るのが当然だからね」と言ったことを、ひどく気にしていたそうです。これも私は、自分の言ったことは、誰に聞かせても社会の常識として当然のことだと思っていました。他人に批判されたり、息子の怒りをかったりすることになるなどとは、夢思わなかったのです。

この「誰に聞かせても社会の常識でしょう」と言うのは私の口癖だ、と後で治人が非難していたということも聞きました。私はこの点もよくわかりません。常識ならそれを信じていいとも思うのですが、治人はそれが許せない、と言ったそうです。人の意見じゃないんだ。自分の考えを持たずに、他人の信条をつまみ食いして、自分の都合を正当化している、と批判していたというのです。

母と息子の間に考え方の齟齬があることくらい、世間にいくらでもありましょう。少なくとも私はその程度に思っていたのです。息子と私は確かに一つ屋根の下に暮らしていましたが、私は彼が何を考えているのか全くわからない、と思うことがありました。しかし友だちにそう愚痴ってみても、「うちもそうよ」「男の子なんてそんなもんじゃない」と言われると、それでいいのか、と思うことにしていたのです。

私は私の誕生日と、夫の命日と、元旦と、春と秋のお彼岸の中日前後だけは、うちにいるようにと治人に言い渡しました。私にすれば今や一家の主人なのですし、それくらいの日にちは、世間やガールフレンドとの約束を反故《ほご》にしてでも家に戻るべきだ、と考えたの

です。息子は私にそう言われてその言いつけ通りにしていましたが、そういう日にはあまり口をききませんでした。黙ってお墓参りについて来て、黙って家にいました。

そして三年前のあの悪夢のような年末がやって来たのです。

大晦日に私はすき焼きを用意して治人の帰宅を待っていました。何しろ大晦日ですから友だちとお酒を飲んで遅くなっているのだろうと思い、私は十時頃まで待って、仕方なく肉を冷蔵庫にしまいました。除夜の鐘が鳴るまで彼が帰らなくても、私はまだそれほど異常だとは思わなかったのです。

今夜は街にも駅にも酔っぱらいが溢れ、電車も終夜運転をするのだから、治人もどこかで羽を伸ばしているのだろう、と私は自分に言い聞かせました。でもさすがに午前一時過ぎには、それまでいつ帰って来てもすぐ用意できるようにお鍋に沸かし続けていた年越し蕎麦を茹でるためのお湯の火を、私は止めました。

しかし治人は帰りませんでした。宵の口から私は治人の携帯を何度か呼び出そうとしたのですが、電源は切られていました。その夜、私は布団を敷かず、炬燵に入ったままほんの少し眠っただけで夜を明かしたのです。惨憺たる新年でした。

私にはまだ少し見栄があったのです。新年早々、皆がやっと起きて、お雑煮を食べるかと思われる時間に、私は治人の友だちと思われる人に電話を掛けるのは控えました。まだ皆眠っているかもしれませんし、わからない息子の居場所をしつこく追跡する母親だと思

われるのも嫌だったのです。しかし治人は、住所録と電話番号を控えた手帳も持ち出していて、家にはありませんでした。衣服は着の身着のまま出て行ったので、私は異変を感じなかったのです。ただ元旦は家にいる約束でしたから、元旦の午後には帰って来るとは思っていたのです。朝帰りならぬ午後帰りでも、元旦には家にいれば、私との約束を守ったことにはなりますし、事実大晦日に友だちのうちから「今夜はこっちに泊まって明日帰るから」と連絡を寄越していた年も今までに何回かはあったのです。

しかし元旦の夕方になると、私はもう耐えられなくなりました。あの子は、家に帰るのを嫌がっているんだ。育ててもらった親をないがしろにして、何という残酷な仕打ちをするんだ、と私は怒りに震えていました。

あまり立ち寄りそうには思えなかったのですが、比較的親しい叔父の家、小学校の同級で家業を継いでいる友だち、以前にアルバイト先を世話してくれた人で偶然名前を知っていた旅行会社の人の家、などには、治人がいなくなったというより、今日連絡が取れないので、と取り繕った言い方で聞いてみましたが、どこにも立ち寄った気配はありませんでした。

二晩目のまんじりともしない夜に私は一人で耐えました。二日の朝十時頃、治人は電話をかけて来ました。「どこにいるのよ!」と叫ぶような私に、治人は「母さん、僕はもううちには帰らないからね」と言ったのです。背後に電車の通るような町の喧騒が聞こえて

いましたが、治人の声は冷静でした。

「帰らない、って母さんのことをどうするつもりなのよ！」

と私は叫びました。

「母さんはいつもそういうふうに利己主義なんだよ。人はまあ、誰でも一人で生きるものでしょう。だから、母さんも一人で生きてください」

「あんたは私に育てられたんだよ。その恩を考えないつもりなの？」

「考えてますよ。だけど、恩を売り物にするのは最低だよ。僕はもうそれに耐えるのはよすことにしたんだ」

「あんたが、この二晩、どんな思いを私にさせたか知ってるの!? 私はもうほとんど寝てないんだよ。だから血圧もあがってるし……」

「母さん、脅しはよした方がいいよ。何と言われても、僕はもう家に帰らない。僕の荷物は全部置いてきたから、どうぞ自由に処分してください。生きているという証拠は時々見せるけど、僕は家にだけは帰らないから」

それでぷつっと電話は切れました。

そういう時の無念さがどんなものか、体験のないあなたにはおわかりにならないでしょう。それは残酷な仕打ちという他はありませんでした。一方的に会話をうち切るのです。しかも私の方からは連絡が取れない、という立場を利用して……私は悲しいというより

荒々しい怒りが身内を駈け巡るのを感じました。

もちろん主人の弟にも連絡して、警察に届け、居場所を見つけだしてもらう、と私は息巻きました。しかし義弟は、こういうケースはいくらでもあることだから、警察も受け付けないだろう、と言うのです。家出であって、犯罪に巻き込まれて連れ去られたのでもない。しかもそのうちにまた連絡をする、と言っているのであれば、それを待って説得したらどうです、と言われるに違いない、と義弟は言いました。

「義姉《ねえ》さん、男の子だから、あんまり心配しない方がいいよ。そのうちに必ず連絡して来るよ。電話をして来たということで、治ちゃんは、義姉さんのことを心配してるっていうことがわかるよ。だから今度電話がかかってきたら、決してなじったり不愉快なことを言わないで、のんびり話をすることだよな。そして自然に家に帰ってみるか、と思わせるようにするんだよ」

と言うのです。次回の連絡の時、私が喧嘩腰になれば、それこそ、もう電話するのも止《や》めようと思うかもしれない。元気で一生懸命生きているという姿勢だけを見せれば、治人の方も思い直して、母親を捨てて来たのは残酷な仕打ちだった、かわいそうなことをした、と思うかもしれない、と義弟は言いました。それが真実だとは思いながら私は当時、ろくろく食事も喉を通らなかったものです。

私は買い物にも出なくなりました。もし留守中に治人から電話がかかって来て、電話に

誰も出ないとわかれば、自分は待たれていないのだ、と思い、それで連絡をするのを止めるかもしれない。

家から最も近いコンビニは、品ぞろえも少なく、値段も高く、普段はめったに使わなかったのですが、私はもっぱらそこで買い物を済ませました。何を食べようが関心もなくなりました。私は大急ぎでお握りやインスタント・ラーメンを買うと、走るように家に戻って来ました。それでももし自分がいない間に電話がかかって来ていたら、自分は何というチャンスを取り逃がしたのだろう、と自分を責めました。

治人からの電話はそれから二カ月ほど後にまたありました。どこからかけているのか、電話は「もしもし、僕……元気……いるから」というぶつぶつ途切れるような声がしただけで、通話は切れました。ただその声は紛れもない治人のものだったので、私は切れてしまった電話機を握りしめて泣きました。安心と怒りと悔しさとで、もうどうにもならなかったのです。

その頃の私の心を考えてみると、私には治人への愛情のようなものはほとんどなくなっていました。私はただ怒りに燃えていました。私のどこに、これほど嫌われる要素があるのか、私はとうてい納得できなかったのです。

義弟も、治人は男の子なのだから、特別に心配することはない。たとえどんな境遇で一

時的に働いていようとも、それは一種の冒険旅行、武者修行なのだから、深刻な問題ではない、と言うのです。

その頃私は、夜中に切れ切れの眠りが続かなくなると、今頃治人はどこでどんな風にして眠っているのだろう、と全く無駄な想像ばかりしていました。あまり好ましくない女の庇護の下にいるかもしれない。法に触れるか触れないか、すれすれの線で商売をしているようなところで金を稼いでいるのではないだろうか、と思いは尽きませんでした。これほど無駄な空想はないと知りつつ、私はどうして時間を過ごしていいかわからなかったのです。

治人はもちろん日本のどこか、北海道とか大阪とかにいるとばかり私は思っていたのですが、それが思いがけない土地にいるとわかったのは、今から半年ほど前のことです。

治人が姿を消してから、私は恥も外聞もなく、息子があなたを頼って行ってはいませんか、とあらゆる知人に聞いたのですが、その中に大手の旅行会社で働いている山田克己《かつみ》さんという人がいました。治人の釣り仲間でもあったようです。もちろん彼は治人から何の連絡も受けてはいませんでしたが、或る夜、今からでも私に会いたいと言って電話をかけてくれたのです。治人に関する情報が入った、と彼は言いました。残業が済んでから伺っていいですか、と彼は言い、うちに着いたのは十時を廻っていましたが、私は彼に簡単な夕食を作って待っていました。

「ほんとうにこんな偶然があると思えなかったんですが」

と彼は言ってから、カバンの中から一枚の素人写真を取り出しました。それは四、五人の男たちが入江のような水際のボートの前に並んで写っている写真でしたが、中の一人は紛れもない治人だったのです。

「治人です！　間違いないわ。どこですか、これは！」

「小母《おば》さん、遠い所なんですよ。マダガスカルという国なんです」

私は返事ができませんでした。そのような国がどこにあるのか、アメリカなのか、ヨーロッパなのか、南米なのか、私には見当も付かなかったのです。

「アフリカなんですよ。南半球のアフリカ大陸の沖合に浮かんでいる大きな島国なんです」

山田さんは手際よく私のために簡単な地図のコピーまで持って来てくれていました。何でそんな所に、と私は騙されているような気がしました。しかし何度写真を見直しても、それは治人だったのです。

山田さんの話によると、最近は外国旅行でも個人ツアーというのが流行《はや》っていて、そういう場合には、お客の好みを生かした特別なスケジュールを組むのだそうです。この写真の中の三人はいわゆる「釣りバカ仲間」で、最近は日本だけでなく、外国まで釣りをしにでかけているのだそうです。その三人組は旅行から大満足で帰って来て、山田さんに「世

話になったなあ」と感謝を述べに立ち寄って、その時何枚かの写真も見せてくれました。その中に治人の顔を見た時の山田さんの驚きはなかったようです。どうしてここに！　と思いながら、彼は三人組に事情を話し、その写真のコピーをもらったというのです。

「何をしているんでしょう」

私は呟きました。

「そこは釣りの人たちには有名な穴場だと聞いてはいましたけど、僕は向こうの代理店と連絡してこのお客さんたちを送りこんだだけなんです。そこで船を一隻チャーターしたらしいんですが、その船に日本人のガイドとして釣り客たちの面倒を見ていたのが治人君だったんだそうです。この三人組は、このガイドさんは日本人で言葉もよく通じたし、大変よくしてくれて、実にいい旅だったって喜んでくれてましたから、僕も面目が立ったんですけど」

三人組はその時「釣り舟のガイドさんには礼状を出したいから、住所を貰って来た」と言ったそうで、山田さんがその名前を見ると、確かに治人でした。三人組に住所を渡したところをみると、治人はずっとそこに住む予定のようでした。

生きてくれていてよかった、という深い安堵が私をうちのめしました。しかし息子に会いに、というか、彼を連れ返す目的で迎えに行きたくても、そんな遠い国にどう辿り着けるのかわかりません。山田さんはそのうちに私がマダガスカルに行く方法を考える、と言

ってくれました。マダガスカルと言っても、治人が写真に写っている場所は、首都ではない海岸のリゾートで、そこまではさらに国内線の飛行機で行かねばならない、ということでした。

しかし何としても私は行く気だったのです。老後を考えての貯えを使ってしまうのも意に介しませんでした。後は何とでもなる。何とでもする。治人に一度会うためなら、後のことはどうなってもいいとまで、私は思いつめました。

山田さんは誠実な人でした。外国旅行などしたことのない、そして見るからにお金の余裕もなさそうな私が、何とかしてマダガスカルの西海岸にあるリゾート地まで辿りつけるように、いろいろなツアーを探してくれたのです。ツアーなら、たとえ英語を全く話せなくとも、同行の添乗員さんがすべてやってくれるからと説明されました。

「小母さん、言葉のことは心配しなくていいですよ。実はマダガスカルは英語でさえなくて、フランス語を話す国ですから、誰も喋れはしないんです」

見つけて来てくれたツアーは、他社が企画しているものでしたが、帰りにモルディヴという島の海岸できれいな珊瑚礁の海を見る。費用も五十万円に少し欠け、マダガスカルではお猿とバオバブと言う名の木を見るのが主な目的だそうでした。

私は夢中で旅支度をしました。治人に会った時のために、梅干やカップ・ラーメンなどを揃えました。しかし私自身は食欲も失うほどの緊張ぶりでした。主人の弟は何度か来て

くれて、くれぐれも、治人をなじるようなことを言ってはいけない、穏やかに「今の仕事がおもしろいのかもしれないけれど、いつか休みを取って帰っておいで」とだけ言うように、と科白《せりふ》まで教えてくれました。

私は旅のルートを山田さんによく説明してもらいました。香港で乗り換えて、南アフリカ共和国のヨハネスバーグというところまで行く。飛行場で数時間待って、マダガスカルのアンタナナリボまで三時間ほど飛ぶ。そこで一泊。翌日国内線の飛行機で約一時間。着いた所が治人のいる海岸のリゾートなのだそうです。

「小母さん、飛行機の座席は窓際が景色が見えていいように思えるかもしれませんけど、トイレに行く時に不自由なんです。ですから通路側を頼んでおきました。セーター一枚はいつも手に持っていた方がいいですよ。飛行機の冷房がきつい時がありますからね。それから寝間着もあまり薄いものでない方が風邪をひきません」

と山田さんはいたれり尽くせりでした。

もちろん治人には何も知らせませんでした。私が行くと知ったら逃げてしまう、と私は本能的に思ったのです。

飛行機に乗っている時間が長いとか、夜行便は疲れるでしょう、とかいろいろな人が心配してくれたのですが、私は興奮でよくわかりませんでした。治人がどんなことを言うか、私はあらゆるケースを考えていたのです。明け方ヨハネスバーグという所に着いて、乗り

継ぎ便をだだっぴろい待合室で待っている間に、私は同行の鴫《しぎ》さんという男性から声をかけられました。この方は、太った体にダブル前の背広を着た人で、脳溢血の後遺症があるのか、少し足を引きずり、ステッキをついていましたが、深いいい声で喋る人でした。

「奥さん、あなたはお猿が目当てですか、それともバオバブの方ですか？」

と彼は言いました。グループの人たちの興味がそれとなく二つに分かれているのを知ったからでしょう。

「私はどちらでもないんです」

私はそう言ってから、つい、「人探しにきたんです」と言ってしまいました。

「恋人ですか？」

この方は後でわかったのですが、鴫友高《ともたか》というお名前でした。

「いいえ、もうこんな年ですもの」

と私は質問の意外さに当惑しながら言いました。

「私はもう数年前に家内を亡くしましてね」

ふとその時、私はこんなに率直な新鮮な形で人から身の上話を聞かされたのは、生れて初めてのような気がしたのです。

「お子さんたちはいらっしゃらないんですか？」

「息子二人がいますけれどね。二人共もう就職して所帯を持っていますから、近い所には

住んでますけど、私はまあ完全に一人暮らしです」

　私は何と挨拶していいかわかりませんでした。

「家内と二人で仲よく暮らしていたんですが、五年前に彼女が亡くなりましてね。私は一人暮らしに馴れるのに、一、二年かかりましたけど、その時、昔の恋人に再会したんですよ」

「そんなすてきなお話って実際にあるんですね」

「いやあ、あまりすてきじゃなかったですよ。彼女は私より三歳年上だったからね、けっこうしわだらけのお婆さんになってました」

「そんなひどいことおっしゃっていいんですか」

「でも気持ちは、すてきなままでした。何より話し方がやはりすばらしかった」

「お相手の方はどういうご境遇か知りませんけど、昔、どうしてお二人は結婚なさらなかったんですか？」

「端的に言えば、僕のことなんか眼中になかったんでしょうな。僕が二十四、五歳。男のその年頃は、まだどことなく青臭い無様な年でしょう。生活力もないし。彼女はもう二十七、八歳。充分に大人でした。そして二人が知り合った時、彼女にはもう婚約者がいたんですよ。だから僕は、尻尾《しっぽ》を巻いて逃げ出した……」

「それで何十年も経ってお会いになって……改めてお二人でまた楽しくおつき合いになれ

る状況じゃなかったんですか？」

「いや、そう見えたんです。彼女のご主人という人も、もう七、八年脳梗塞の後寝たままでしてね。多分再起は無理だろうから、そう言っちゃ何だけど、彼女も僕とつき合って気晴らしをしたり、気持ちの支えにした方がいいと思いましたよ。でも、そうはならなかったんです」

「どうしてだめでいらしたの？」

「会って三カ月目に、彼女の方が突然心臓で倒れて、そのまま死んじゃったんですよ。去年の暮れのことです。看病で過労にはなってたんでしょうけど」

「それで旅に出ていらしたんですか？」

「傷心の旅じゃないんですよ」

と相手は私の思いそうなことの先回りをするように言いました。

「妻をも含めて、僕は何というい女たちに出会ったんだろう、と思って、それをおもしろい景色の中で確かめたいと思って出て来たんです」

それから、彼は周囲に憚る風情で声を潜《ひそ》めて悪戯っぽく言いました。

「正直言って、研究者でもない素人が、お猿さん眺めて喜んだり、ばかでかい木に感嘆したりしたって何ということはないですからね。でも他人がそういうばかになっている瞬間に居合わせるのは悪くないからね。憎しみも金儲けの算段もない。そういう無垢な時間に

居合わせられるのは精神にいい、と思ったんですよ」

「私は息子を探しに来ました」

私は素直に言うことができました。

「ほう」

「こういう旅でないと、私はマダガスカルまで辿りつけませんので、ツアーに乗っかることにしたんです。でも観光旅行をするような気分じゃ全くないんです」

私は持っていた例の水際の写真を見せ、治人の家出の一部始終と、発見までの経緯をすべてぶちまけてしまったのです。それで、数時間あった空港の待ち時間も、瞬く間に過ぎました。

首都のアンタナナリボまでの長い旅程も、私は気が張っていたのでしょうか、疲労もあまり感じませんでした。この空港から帰る時には、うまく行ったら帰国に同意した治人といっしょかもしれない、と思うだけで私は胸がいっぱいになり、食欲もなくなるほどでした。

翌日は午前中にバスでアンタナナリボの市内見物をしてから空港に行きました。飛行機の出発は一時間半遅れ、短い飛行で着いた海岸のリゾート地は思ったより鄙《ひな》びたものでした。部屋は海岸の砂地に点在して建てられた素朴なバンガローみたいなもので、天井の電気も油紙のような笠をつけて暗かったのです。

山田さんが添乗員さんに、私がこういう人を探していると伝えておいてくれたので、彼は私に、ホテルに着いたら、そのような日本人の釣り舟のガイドがいるかどうか聞いておいてくれると言いました。

鴫さんは、お互いに身の上話をした後、特に私に近寄る風情もありませんでした。グループの中の数人の男性たちは、お互いに初対面なのに、早くも仲良くなったようで、食事の時もたいていいっしょにテーブルに坐っていました。

治人の消息は意外と早く分かりました。現在ホテルに日本人の宿泊客がいて、釣り舟を出したいと言う時には、もっぱら治人に頼むらしく、連絡を取ってみる、とフロントの人が言ってくれたのだそうです。

「電話があるでしょうね」

と私の心ははやりました。

「電話はないんだそうです。この国にだって携帯はあると思うんですが、息子さんに連絡がある時には、フロントの人の書いた連絡用のメモを近所の子供に持たせて、彼の下宿に走らせているんだそうです。でも今そういうことはしない方がいいんでしょう？」

「そうなんです。まずほんとうに息子かどうかを見確かめてからにしたいです」

「その日本人ガイドさんは明日午前中に、何時かはわからないんですけど、ホテルの桟橋に船をつけて、フランス人の客を乗せてでかける約束なんだそうです。桟橋はすぐそこだ

そうですから、それとなく様子をご覧になったらどうですか？」

「そうします」

全く田舎の海岸でした。着いてすぐはり切って海岸を歩いた人は、海岸はごみだらけで汚くて、砂の上に坐ろうとしたらウンコがあったなどと言っていました。「犬のウンコかしら」という声もありましたが、鴫さんが「それは人間のでしょう。ここら辺の人たちは、うちにトイレがないんだから、海岸や海の中でしても不思議はないんですよ」と言っていました。それで海岸を散歩する夢を皆持たなくなりました。

しかしその夜、夕食の後で、鴫さんは私の部屋のドアを叩きました。

「もう休まれましたか？」

彼は礼儀正しくドアの外で言いました。

「いいえ、とうてい眠れそうにないものですから、まだ荷物の整理をしていました」

「よかったら、ロビーでコーヒーでもあがりませんか」

とうてい落ち着いていられない思いでしたから、私も誘われるままに出て行ったのです。

「息子さんはどうやら見つかりそうですね」

鴫さんは、私の近くにいて、話を立ち聞きしていたようです。

「そうなるといいんですけど」

「余計なことかもしれませんが……」

彼はためらいがちに言いました。

「息子さんの安否を確かめたら、声をかけずに帰られたらどうですか」

どうしてですか？　と反射的に聞きたいところでしたが、私は声が出なかったのです。

「あなたの話を聞いていると、息子さんは恋人みたいな存在に思える。あなたは今、彼にとっても恋人になれるか、それとも敵になるかの瀬戸際にいるかもしれない。当っていなかったら、忘れてください」

彼は言いました。

「どうしたら恋人になって、どうしたら敵になるんでしょう」

と私はやっとそれだけ尋ねました。

「簡単なことですよ。息子さんの運命の前に立ちはだかってその行く手を妨げれば、敵になるんだな。でも相手の運命をじゃませずに見守れば、恋人になりますよ」

鳴さんはさらにつけ加えました。

「私の方があなたより大分年上だから、余計なことを言いましたが、気に障ったら許してください」

翌朝海に面したテラスで朝食を済ませると、グループは早々に町から少し離れたところに群生しているという見事なバオバブの林を見に行きました。この木はアフリカのサバンナに生える巨大な、奇怪な姿をした木で、一本一本が個性的な老人のような姿に見えるそ

うです。何しろ高さが二十メートルにもなり、幹の太さも、大きなものは、その地上部の空洞を土地の人が納屋代わりに使っているほどの直径になると言うのです。

私は疲れたという口実で、皆を見送りました。そうしておいて桟橋の様子をずっと見守るつもりだったのです。すると鴫さんも玄関に残っているのが見えました。

「いらっしゃらなかったんですか？」

と私はびっくりして言いました。

「せっかくなのに」

「木なんか見ても仕方がないですよ。私はマラウィという国でも仕事をしたことがあるんで、バオバブなんかいやというほど見ましたからね。もっとも種類はずいぶん違うみたいですがね」

鴫さんはそう言ってから、

「この入江の光こそ、僕は何時間でも眺めていたいね。これはきれいなモビールでしょう。光って、ざわめいている。死んだものは動かないからね。しかしこの水と光は生きているからすばらしい。僕は近年死人につき合い過ぎて来たんですよ。だからこうして時々は生きたものの姿に触れて、死人たちのことは忘れたいね」

治人の船が桟橋に入っている、とフロントの男が教えてくれたのはお昼近くでした。きっと日本からの添乗員さんが、男にチップを渡して、こっそり教えてくれ、と頼んでおい

たに違いありません。そのお金は山田さんが気を利かせて渡しておいてくれたような気もします。

栈橋に横付けにされた白い船は、あの写真に写っている船と似ているようでした。デッキの上では、一人の男がオレンジ色のシャツを着、ブルーのサンヴァイザーをつけ、黒いサングラスをかけて立ち働いていました。顔ははっきり見えませんでしたが、それは明らかに治人でした。

彼は健康そうでした。バナナの大房が幾つも入ったバスケットや水のペットボトル、油の缶などを彼は片づける作業をしていましたが、それは手慣れた仕事のように見えました。私が走って行って彼に声をかけなかったのは、彼の客であるフランス人はこのホテルに泊まっているらしいので、恐らく昼食くらいは二人でホテルの食堂に食べに来ると思ったのです。その時、何気なく声をかけよう。

鴫さんは離れたサンデッキの寝椅子にいるとばかり思っていたのですが、その時、私の傍《そば》に来て言いました。

「彼らの船は、ここから百五十キロばかり南にくだって、そこで数日釣りをするんだそうです。何でも漁場としては有名な所だそうですよ」

それから数十分間の私の心の葛藤はとうてい言葉では言いあらわせません。今すぐあの栈橋に向かって駈けだそうと思いながら、私の足は動きませんでした。しばらくすると、

フランス人の釣り客らしい痩せて精悍な感じの初老の男性が乗り込み、私は日本的な感覚で、今こんな時に身内が出て行って治人の仕事のじゃまをしてはいけない、というだけの理由で、声をかけなかったのです。

そして数十分後にふと見ると、船は突然のように桟橋を離れていました。

「出ましたね。こっちに近づいて来ます」

鴫さんは言いました。

「私、隠れた方がいいでしょうか」

私は救いを求めるように尋ねました。船は、私たちのいるサンデッキの前の水路を通って入江を抜け、外海に出て行くのです。

「いや、そんなことはしない方がいい。堂々とここで見送りましょう。二人で手を振ってやりましょうや。知らない人にだって船にだって、旅に出ればわれわれは子供に還って手を振るんだから。彼があなたのことに気がつくかどうかわからないけど、運よく気がついたら、あなたは恋人になるんだ。あの船がここに帰って来た時、彼は当然あなたを探すだろうけど、あなたは手紙一枚残さずに出発してしまっているんですからね」

鴫さんは笑っていました。

船はやや狭い水路を、私たちの前に接近しようとしていました。水面が小さな光の破片になって躍っていました。船が動いてもまだ出港準備の残りがあって、治人は岸の方を見

向きもしないままに通り過ぎるかと思いましたが、一瞬彼はこちらを眺め、それから棒立ちになって動きませんでした。まさかと思ったでしょう。人違いだろうと自分に言い聞かせたでしょう。

私は鳴さんと並んで、赤の他人のように、無邪気な観光客のように、見知らぬ船に向かって手を振りました。そしてその瞬間、私は泣きながら息子への怨みをきれいに忘れ、光に包まれて訣別できたように感じたのです。

初出誌

パリ号の優雅な航海　「新潮」二〇〇〇年一月号
一言　「小説新潮」二〇〇〇年四月号
上海蟹　「小説新潮」二〇〇一年一月号
ジョアナ　「新潮」二〇〇一年二月号
道のはずれに　「新潮」二〇〇二年一月号
四つ割子　「小説新潮」二〇〇二年四月号
二月三十日　「小説新潮」二〇〇三年一月号
おっかけ　「小説新潮」二〇〇四年一月号
手紙を切る　「新潮」二〇〇四年六月号
小説の作り方　「小説新潮」二〇〇五年一月号
櫻の家　「小説新潮」二〇〇六年一月号
極悪人　「小説新潮」二〇〇七年一月号
光散る水際で　「小説新潮」二〇〇八年一月号

カヴァ写真　© MIXA CO., LTD.／amanaimages
装幀　新潮社装幀室

# 二《に》月《がつ》三十日《さんじゅうにち》



二〇〇八年六月二五日　発行

著　者／曽《そ》野《の》綾《あや》子《こ》
発行者／佐藤隆信
発行所／株式会社新潮社
東京都新宿区矢来町七一
郵便番号 一六二—八七一一
電話 編集部(03)三二六六—五四一一
読者係(03)三二六六—五一一一
http://www.shinchosha.co.jp
印刷所／大日本印刷株式会社
製本所／加藤製本株式会社
乱丁・落丁本は、ご面倒ですが小社読者係宛お送り下さい。送料小社負担にてお取替えいたします。

ISBN978-4-10-311418-5 C0093
価格はカバーに表示してあります。

戦争を知っていてよかった　曽野綾子

「現実」こそが逡巡や想像を駆逐する。アラブとユダヤ、富裕と貧困……世界各地の「現実」に注がれる作家の視点。「新潮45」好評連載エッセイ、待望の単行本化。

貧困の光景　曽野綾子

日本人の不幸は、海外の貧困の実態を知らないこと――世界各地の、想像を絶するその光景。「新潮45」連載中から大反響を呼んだ衝撃の文明論、ついに単行本化！

思い出の作家たち
―谷崎・川端・三島・安部・司馬
ドナルド・キーン
松宮史朗訳

生きているのだ。今もなお、私の心のなかに。日本文学の天空を鮮烈によぎった、またと出会えぬ巨星たち。敬愛と友情と感謝をこめて、その軌跡を活写する五つの論考。

萱《かや》刈《かり》　辻井喬

旧弊な城下街の再開発事業の命を受けた設計技師が、突如まきこまれた不条理きわまる事態。伝統と近代を見すえて、この国の「現在」を果敢に問い直す、怖るべき長篇。

新潮文庫全作品目録 1914〜2000　新潮社編

20世紀中に刊行した七〇八九冊の書誌を網羅。戦後編には詳細な解説を付し、著者・訳者・解説者をはじめ全執筆者から、関わった全ての書目を検索できる待望の一冊。

新潮日本語漢字辞典　新潮社編

こんな辞典、今まで無かった！　日本語の漢字のための、初の本格的辞典。異体字、熟字訓等、日本語独特の漢字表現満載。用例は近現代の日本文学から。熟語索引充実。